もののけ裁き

ゆめ姫事件帖

和田はつ子

時代小説文庫

角川春樹事務所

目次

第一話　ゆめ姫が好色江戸女に出会う

一

「姫様、浦路《うらじ》様よりのお届けものでございます」

ゆめ姫《ひめ》が縁側で涼んでいると、障子が開け放たれている廊下に藤尾《ふじお》が立った。

ゆめ姫は徳川《とくがわ》将軍家の末姫ながら、予知夢を見る力に恵まれ、その類稀《たぐいまれ》な力を世のため人のために活《い》かすようにと父の将軍のみならず、江戸開府を定めた徳川家康《いえやす》の御霊《みたま》からも言い渡されていた。

身の回りの世話をする藤尾と共に市井の町家に住まって、〝夢治療処《ゆめちりょうどころ》〟を開き、神隠しと称されていた行方《ゆきがた》知れずの者を捜す等に携わるだけではなく、奉行所が手を焼いている禍々《まがまが》しい人殺し等の下手人探しをも手助けしている。

姫の予知夢は恨み、無念等の負の想《おも》いを残して成仏できずにいる浮遊霊によるものが多く、おおよそが悪夢と言ってしまっても過言ではなかった。

そんな楽しくない眠りを自身の定めと受け止めてきた姫にとって、唯一の癒《いや》しは、起きている時、四季折々の花を愛《め》でつつ、美味な菓子を口にすることである。

ちなみに今、ゆめ姫は春から秋までさまざまな草花が開花する、〝夢治療処〟の隣りの別棟に居を移していた。姫は、藤尾が隣りの住人に掛け合い、譲り受けて別棟にしたつもりでいるが、実はその住人を始めとする多くの者たちは、姿や身分を変えて、ぐるりと〝夢治療処〟を取り囲んで手厚く警固しているのであった。

「姫様、萩《はぎ》が待たれますね」

藤尾は輪島塗《わじまぬ》りの重箱を掲げるようにして部屋に入ってきた。

姫がどうしても隣りに移りたいと言い出したのは、可憐《かれん》に咲く初秋の萩の花に魅せられていたからであった。

「秋風が立つ頃《ころ》に咲きはじめる萩の花はまだまだ先ですよ」

「それではお退屈でしょう」

藤尾は夏の庭に目を馳《は》せた。

色とりどりの花で庭が彩られるのはせいぜいが初夏までで、夏の庭は青々と茂《しげ》る緑の濃淡で占められている。

「そうでもありませんよ。庭の眺めはいつまで見ていても飽きません」

ゆめ姫は満ち足りた微笑《ほほえ》みを浮かべた。

「そうでしょうか。このたまらない暑さ、人だけではなく、草木や生き物たちにも辛《つら》いことと思いますけど」

「それはそうでしょうけれど、皆、必死に暑さの中で生きている様子が、とても美しいのです」

――美しいねえ、どこが？――

藤尾は夏枯れした草木に目を留めて、ついため息を洩《も》らしそうになり、慌てて、

「浦路様よりのお届けものは星月堂《せいげつどう》の上生菓子のようです。この暑さですので、氷室《ひむろ》の氷が入った木箱に入れられて届けられてきましたし、早く召し上がらないと」

ごくりと生唾《なまつば》を呑《の》み込みつつ、姫の前に重箱を並べた。

浦路は千代田《ちよだ》の城の中にある大奥の総取締役である。男子禁制の大奥は将軍が世継ぎを設ける場所であり、そこで生まれた姫にとって大奥は実家《さと》である。

ちなみに大奥の全《すべ》てを取り仕切る総取締役の浦路は大奥の最高権力者である。

その浦路は上生菓子に文を添えてきていた。

姫様がお菓子をお好きなのは存じておりましたが、ある筋から金鍔《きんつば》や焼き芋等、到底、貴人の食べ物とは思えぬ下賤《げせん》な菓子がたいそうなお好みだ、これではゆめ姫ではなく金鍔姫ではないかと聞き及び、この浦路、胆《きも》を冷やしております。

ある筋とは見当がおつきでしょう？　上様の御寵愛《ごちょうあい》を最も受けておられるお瑠衣《るい》の方様です。

思うところがございまして、星月堂の名菓をお届けいたします。

星月堂は東照神君《とうしょうしんくん》家康公が江戸開府の折、水無月《みなづき》の嘉祥頂戴《かじょうちょうだい》の儀で諸大名家や旗本諸士に菓子を下賜《かし》するために、京より呼び寄せられて以来の老舗《しにせ》です。

星月堂には、代々伝えられている立派な菓子の数々がございますが、初代が家康公への忠義の証《あかし》として、家康公亡き後それらを封印、今に到るまで作られておりません。

実は、わたくし、大奥へ上がる前、星月堂の跡取り娘に読み書きを教わったことがございます。わたくしのつまらない昔話は止《よ》しにして、その跡取り娘、お玲《れい》とは見知った仲ですので、思い切って封印を解き、姫様のために、家康公ゆかりの菓子を作ってくれるよう頼みました。

お玲は代々の申し送りゆえ、初代の封印は解くことができないが、初代の心を生かした自分なりの菓子なら作ることができると申しました。

家康公ゆかりの菓子でないのは真《まこと》に残念ですが、思えば星月堂当代主《あるじ》のお玲は、昔から裁縫だけではなく、絵や和歌等も優れておりましたし、男子ばかりの菓子職人の中に飛び込んでの努力と鍛錬の歳月の長さも想い合わせ、間違いないと判断、頼むことにいたしました。

星月堂お玲の精一杯の菓子をお召し上がりくださいませ。

浦路

ゆめ姫様

姫はこの文を藤尾にも見せた。

読み終えた藤尾は、

「まあ」

堪《こら》えていた分も含めて大きなため息をついた。

「日頃、強気な浦路にしては珍しいわ」

ふと姫が洩らすと、

「無理もありません。姫様の金鍔好き等が知られたのは、あのお方からですもの――」

藤尾は唇を噛《か》んだ。

――あのお方の手の者に報《しら》せたのは近くに住んでいる警固の者たちね。姫様の暮らしぶりや訪ねてくる者まで知っているなんて、あの者たち以外にいるはずないもの。まあ、情《お》けないことに小判何枚かと引き替えでしょうけれど。ったく、油断も隙《すき》もない。早速、御側用人《そばようにん》の池本《いけもと》様にお伝えしなければ――

藤尾の頭に白髪混じりの実直な御側用人、池本方忠《まさただ》のやや腰が曲がりかけている立ち姿と皺《しわ》深い顔が浮かんだ。

――池本様もお年齢《とし》だというのにご苦労が絶えないのだわ――

以前、ゆめ姫はこの池本方忠の屋敷にしばらく起居して、妻の亀乃《かめの》から煮《に》炊《た》きや掃除洗濯、庭仕事を厳しくも楽しく学んだことがあった。

「お瑠衣の方ですからね」

ゆめ姫は珍しく眉《まゆ》を寄せた。

――何ゆえ、わらわのことなど調べ廻《まわ》るのかしら？――

お瑠衣の方は父将軍の数いる側室の一人であった。

「あのお方ときたら、いつもご自分が一番でなければ気の済まぬ質《たち》ですもの――」

藤尾の口が尖《とが》った。

「御台所《みだいどころ》の三津姫《みとひめ》様がおられるというのに――」

ゆめ姫がこの手の話に相づちを打つのは滅多にないことである。

――たしかにこのところ目に余る――

お瑠衣の方の生家は市中から外れた名も無い寺であったが、将軍の寵愛を得て二人の女児の母となってからは、お腹《はら》様であることを笠《かさ》に着て、実家《さと》の寺を徳川家ゆかりの名刹《めいさつ》とし、豪華に建て直していた。

「何でもお瑠衣の方様のご親戚《しんせき》は商家の方々が多く、その方々にも大奥へのお出入りを許す等、勝手をなさっているのですからね」

「多少は控えていただきたいものです――」

姫の眉は寄ったままであった。

――でも、さすがに姫様を前にして、お父上の上様が何でもお許しになってしまうのだから、仕方がないとは言えないわ――

応《こた》える言葉に詰まった藤尾は、

「何より癪《しゃく》に障るのは、お瑠衣の方様自らが、〝ゆめ姫様の御生母お菊《きく》の方様を知る者たちの話では、わらわが亡きお菊の方様に似ているゆえ、上様に気に入られておるのじゃ〟などと、臆面《おくめん》もなく、あちこちで言いふらしていることです」

お瑠衣の方への憤懣《ふんまん》に代えた。

「でも、遺《のこ》されている生母《はは》上様《うえ》の絵姿を見る限り、お瑠衣の方とよく似ています。わらわよりもずっとよく――」

ゆめ姫は悲しげに目を伏せた。

「そんなことありません」

藤尾は歯を食いしばって言い切ると、

「たとえ見た目が似ておられても、中身は全然違う、月とすっぽんだと知る者たちは申しております。お菊の方様は町方のお生まれでしたが、大奥へ上がって御側室となられてからというもの、身贔屓《みびいき》を上様にねだられたことはおろか、実家の名さえ一度も口になさらず、万事に控えめであられ、御台様だけではなく、他の側室の方々にまでも敬意を払われていた、稀にみる立派なお心ばえのお方様だったと伺っています。そのような姫様の御生《おは》母上様《はうえ》とあのお瑠衣の方様が似ていようはずがありません。そのうち、心の悪さが顔に出て、二目と見られない悪鬼にでもなってしまえばいいのに」

さらにぎりぎりと歯と歯を合わせた。

「そんな酷《ひど》い物言いをするものではありません。人の不幸を願うと自分に返ってくるものですよ」

一瞬顔を顰《しか》めて藤尾を宥《なだ》めた姫は、

「ところで、なにゆえ、お瑠衣の方はわらわのことを、ここまで丹念に調べたりするのでしょう？　浦路は嫌がらせのようだと思っているらしいけれど、きっともっと深い真意があるはずです」

冷静な面持ちで首を傾《かし》げた。

二

「上様はお菊の方様の忘れ形見であるゆめ姫様に、格別のお気持ちがおありです。それがお瑠衣の方様は気に入らないのだと思います。ご自分がお菊の方様に似ていると言われていることもあって、姫様を競争相手と見做《みな》されているのです」

「もしや、わらわが慶斉《よしなり》様と言い交わしていることに関《かか》わりがあるのでは？」

徳川家の御三卿《ごさんきょう》の家柄に生まれついた慶斉は、ゆめ姫の幼馴染《おさななじ》みであり、遠くない将来、すでに中年を過ぎている次期将軍の後継者に是非との声が囁《ささや》かれていた。

ゆめ姫とこの慶斉との縁組みは決められていたとはいえ、将軍職の後継とは何の関わりもなかった。

「まあ、慶斉様が上様になられて、今の上様の血を受けた姫様が御台様となれば、これはもう前代未聞ではあります」

藤尾は注意深い物言いをした。

「将軍家の御台所はその多くが京の姫御前ですから」

一瞬ゆめ姫の顔が翳《かげ》った。

――慶斉様とは御縁がない定めなのかもしれない――

「でも、今の御台様は力のある大名家から嫁がれています。ですから、御台様の出自は、京の姫様に限ると決められているわけではありません。慶斉様と姫様が結ばれれば、徳川の天下ここに極まれりですから、いずれお瑠衣の方様など吹き飛ばされて息を潜めるしかなくなります」

藤尾は勢い込んで言い切った。

「まだまだ先のことになりそうな慶斉様とわらわの慶事に頼るのは他力本願すぎます」

ゆめ姫は真顔で諭した。

――お瑠衣の方はこの上、父上様に何をねだるつもりなのだろう？――

「そうでした」

藤尾は項垂《うなだ》れ、

「お瑠衣の方様の専横ぶりを何とかしないと――。それにはまず、届けてくれたお菓子について思うところを書き送り、浦路の顔を立てないと――」

ゆめ姫は座敷に並んでいる三つの重箱を見つめた。

「生菓子だということはわかりますが、何を表しているのか、さっぱり見当がつきません」

藤尾は大きく首を傾げた。

一箱目に入っていた菓子は光悦色《こうえつ》の落ち着いた茶の茶筒型《ちゃづつ》に肉桂《にっけい》が挿《さ》されており、二箱目に入っていたのは白色と淡い緑色が縦に交互に茶巾《ちゃきん》に絞られている先に、桃紫色の小さな小さな花がそっと載せられている。三箱目は二箱目の茶巾型と比べてつり鐘《がね》の形に近い白地に、紅白の短冊《たんざく》と金魚が貼《は》り付けられ、笹《ささ》で出来た蔓《つる》でつり鐘のように持ち上げられる様子であった。

「頂いてみましょう」

藤尾を促した。

「少しお待ちください」

藤尾は姫が浦路へ返す文のために、菓子について書き留める紙と筆、硯《すずり》を用意した。

「それでは早速」

二人は揃《そろ》って、一箱目の光悦色の茶筒型の菓子に菓子楊枝《ようじ》を立てた。

「束にした引裂箸《ひきさきばし》(割り箸)を使って丹念に泡立てた卵と砂糖、小豆餡《あずきあん》の生地が何ともふんわり仄《ほの》かな香りを放っている、挿された肉桂も一緒に蒸籠《せいろう》で蒸しているはずです。これは何とも不思議な味わいでございますね」

大奥に上がる前の藤尾は羊羹屋《ようかん》とはいえ、菓子も作っている黒蜜屋《くろみつや》の娘であっただけに、そこそこ詳しかった。

「ああ、でも、これが何を表しているのかはわかりません」

茶席に使われることの多い上生菓子は、花鳥風月等四季折々の風物に見立てて作られている。

「見立てたものが何であるのか、見破らないと風流とは言えません。将軍家の姫であるゆめ姫様の沽券《こけん》に関わります」

藤尾は力んだ。

「そうなのでしょうけど」

姫は挿し込んである肉桂をまじまじと見て、

「冬にこれに似たものを隣りの家の庭で見たことがあったわ」

ふふっと微笑んだ。

「何です、それ？」

藤尾は身を乗り出した。

「枯れ枝からぶら下がっていた蟷螂《かまきり》の卵袋よ。似てると思わない？」

「たしかに」

一度は頷《うなず》いた藤尾だったが、

「でも、今は夏の盛りですよ。蟷螂は草陰に隠れて、獲物《えもの》となる他の虫に狙《ねら》いをつけているはずで、卵袋の中にはいませんよ。それに蟷螂は雌《めす》が雄《おす》を食べてしまいますでしょう？風流とはほど遠いです」

首を横に振った。

「でも、そんな蟷螂の逞《たくま》しさの源は冬の間、枝にしがみついて命を繋《つな》ぐ卵袋にあるのでしょう？　これの作り手は蟷螂の夏の逞しさを冬の卵袋で表したのだと思うわ」

姫は反論し、

「いいから、〝蟷螂《とうろう》（カマキリ）の命〟と書き留めておいて。どうしてそんな名付けをしたのかも一緒にね」

藤尾に筆を取らせた。

二箱目の菓子を味わった藤尾は、

「中は漉《こ》した小豆餡の煉《ね》り切り、外は白餡と抹茶味各々の煉り切り。桃紫色の小さな花はこの色に染めた金団《きんとん》です。味はよくあるもので、表そうとしたのは草木《き》だとは思いますが、何だか――地味すぎます」

ふうとため息を洩らした。

白餡に砂糖、山芋や微塵粉《みじんこ》（糯米《もちごめ》を蒸して乾燥させ、挽《ひ》いて粉にしたもの）等のつなぎを加え、調整し煉った餡を主材料とする生菓子が煉り切りであった。

また、この金団とは唐芋《からいも》や栗《くり》を砂糖煮にして潰《つぶ》して作るものではなく、目的に合わせて目の大きさを選んだ笊《ざる》で着色した餡を裏ごしして、栗のイガのようにしたそぼろ状の生菓子の事を指す。京の菓子職人たちに受け継がれてきた技法であった。

「これなら――」

ゆめ姫が庭に出たので藤尾も倣《なら》った。

「ほら、あそこに」

姫が指差した先は、ひょろりと背丈のある枯れ草であった。

「どこに花が？」

藤尾は目を擦《こす》った。

「これですよ、これ」

ゆめ姫は座り込むと、

「少し前にはとても生き生きと咲いていたあのうつぼ草ですよ。いくら夏の暑さに弱くて枯れてしまっていても、忘れてしまっては可哀想《かわいそう》」

振り返って微笑んだ。

「それにね、まだこうして――」

枯れた葉の中にまだ枯れていない緑の部分が混じっている箇所を姫は指差した。

「なるほど」

藤尾は頷いたものの、

「でも、花はもうさすがに咲いていません」

見えたままを口にした。

「それではこれには〝幻の花〟と書き留めて」

「かしこまりました。先ほど姫様がおっしゃったうつぼ草への想いも書き添えておきます」


藤尾はゆめ姫ほど感性が鋭くはなかったが、

――姫様は繊細な優しいお心の持ち主で、それゆえ万物の命を深く思いやることがおできになるのだわ――

忠義心の一端である、姫への理解だけは並み外れていた。

庭から座敷に戻ると、

「三箱目のお菓子、最後の一つは藤尾にお願いします」

ゆめ姫は藤尾を促した。

――さすがにこれならわたくしでもわかるけれど、姫様のお言葉にしないといけないから――

少々悩んだ藤尾が、

「これは小豆漉し餡を包んだこなしを風鈴の型で抜き、同じく型で抜いた風に揺れる風鈴の短冊と金魚を貼り付けたものです。誰《だれ》にでもわかる愛らしい姿です。〝風鈴〟と名付けるよりも、〝風にそよぐ金魚〟なんていうのがよろしいのではないかと――」

思い切って言ってみると、

「そうね、それではそうしましょう」

姫はにここと笑って頷いた。

――姫様はこうしてわたくしなどにも花を持たせてくださるのだわ――

藤尾は胸の辺りが熱くなった。

白漉し餡に小麦粉、砂糖を加えて蒸して作る生地がこなしである。

「それにしても、卵の泡立て等、たいした技法が巧みにしてさりげなく使われていて驚きました。さすが老舗中の老舗、初代が京の職人ながら大権現《だいごんげん》様に末代までの忠義を誓ったという、並々ならぬ心意気が伝承されてきた証なのですね。それに加えて、〝風にそよぐ金魚〟のように、わかりやすい風流を心得つつも、普通は見立てないものを見立てているのですから、末裔《まつえい》であるお玲という女主にして菓子職人も、もの凄《すご》いと思いました。どんな方なのかしら？　怖いくらい――」

藤尾が声を震わせて感動を洩らすと、

「どのような命をも大切に想う優しい方だとわらわは思います」

ゆめ姫は呟《つぶや》いた。

――それなら、姫様と同じだわ、でも――

正直藤尾には不可解であった。

三

藤尾が代筆した文が浦路に送られると、何日かして、弾《はず》むような調子の文が届いた。

星月堂のお玲には詩歌の格調を重んじる京風を好む傍輩《ほうばい》が多く、お玲の詠《よ》んだ歌に京の公家《くげ》衆がいたく感じ入っておられると聞いております。

何でも、お玲は〝見渡せば花も紅葉《もみじ》もなかりけり浦《うら》の苫屋《とまや》の秋の夕暮〟と詠んだ著名な歌人藤原定家《ふじわらのていか》に心酔していて、暗がりでこそ見える美しい花々の幻を追い求めるような、華麗な侘《わ》び調を念頭に置いて上生菓子を作っているのだとか――。

ゆめ姫様からいただいた文をお玲に見せたところ、己が心に添って頂き、誠にありがたきこととたいそう感激していました。

さすがゆめ姫様でございます。

何より、お瑠衣の方様がどんなにお金を積んでも得られないのが、お玲のお仲間たちとのつきあいですので、これほど小気味よいことはございません。

ありがとうございました。

浦路

ゆめ姫様

――これでしばらくは浦路もご機嫌で、城に戻るようにとは言わないはず、よかった――


姫はほっと胸を撫《な》で下ろし、その夜久々に夢を見た。

すらりと姿のいい年増《としま》女が立ってこちらを見ている。髪は小さめの島田に結い化粧は控えめだが、瓜実顔《うりざね》の目鼻口は整っているだけではなく、固い意志が表れ出ている。総じてきりりとした印象ではあったが、長い切れ長の目には知性と艶《あで》やかさが同居していた。

〝わたしの名はくに。いつも紬《つむぎ》を着ています。これは結城紬《ゆうき》〟

おくには地味な藍《あい》色の織り生地の両袖《りょうそで》を摘《つ》まんで見せた。

〝手触りが柔らかく、軽いので着やすくて動きやすいんですよ。地味でもね、いいものはいいんですよ。金糸銀糸の打ち掛けや色鮮やかな友禅《ゆうぜん》なんかに負けるものですか。女はね、けばけばしい遊女や芸者衆ばかりがいいってもんじゃありません。これはもうわたしの肌や身体《からだ》と同じ、試してほしいわぁ――〟

そこでおくには目を閉じてああっと喘《あえ》いだ。みるみる頰《ほお》が紅潮していく。

――おくにさんは何をおっしゃりたいのかしら？――

ゆめ姫は困惑していた。

〝あ、まだ、わからないのね〟

夢の中では、姫が感じたり、思ったりしたことがすぐに相手にも伝わるのであった。

〝男は男でなくなるまで色里通い、女だって灰になるまでその気があるというのに、生涯夫一人としか情を交わせないなんて、つまらないとは思いません？〟

おくには艶然《えんぜん》と笑った。

――といっても、わらわはまだそのようなことは――

夢の中ではあったが姫は動悸《どうき》がしてきて頰が染まった。

〝まあ、見ててごらんなさい。わたしのしようとしていることは、実は色香のまだ衰えていない年増たちだったら、貴賤《きせん》の別なく抱いている望みなのだから〟

この後、場所は寺の墓所へと変わった。

おくにが花の入った手桶《ておけ》を手にしてしずしずと歩いている。一見は淑《しと》やかで清楚《せいそ》な姿であった。

――お墓参りなのだわ。このようなところで、さっきおっしゃったようなことになるわけがないのだから、あれはからかいか、わらわの聞き間違えね、きっと――

姫の呟きを聞いたおくには、

〝ああら、聞き間違えなんかじゃありゃしませんよ。ここはね、とっておきの狩り場なんですよ〟

――狩り場？――

〝さあ始めますよ〟

おくには墓所を歩き続けて行く。

――いました、いました、極上の鴨《かも》が――

この喜びの声はおくにの心から伝えられてきた。

線香の紫煙が漂っている墓の前で、おくには足を止めた。質素ではあったが墓石も卒塔婆《そとば》も真新しく、数珠《じゅず》を手にした若い男が屈み込んで念仏を唱えている。

〝南無阿弥陀仏《なむあみだぶつ》、南無阿弥陀仏、どうかおいくの霊が極楽浄土へ誘《いざな》われますように。南無

阿弥陀仏、南無阿弥陀仏〃
〃わたしもご一緒に南無阿弥陀仏、南無阿弥陀仏〃
おくにが声を張って唱えると、若い男が立ち上がって振り返った。
〃もしやあなたはおいくの友達ですか？〃
身形《みなり》のよい若い男は傾げた首の辺りが清々《すがすが》しい、なかなかの男前であった。
〃いいえ、違います。ただ、わたしもずっと以前、大切な相手が逝ってしまい、長きに亘《わた》って心の洞《うろ》が埋まらずにいたことがございました。その時わたしは、救いは自分の相手だけではなく、たとえ生前、一度もお目にかかっていなくとも、この世から亡くなられた方々の供養を広くさせていただくことだと悟りました。それでこうして、日を決めて新仏の墓前で手を合わさせていただいているのです〃
おくには伏し目がちに話すと桶の中の花を墓前に手向けた。
〃何と殊勝なお考え、お気持ちなのでしょう。わたしやおいくの家族のほかにまだ想ってくだすっている方がおられたとは――〃
相手は感動の言葉を口にした。
〃わたしにとってはごく当たり前のことです〃
そこで、おくには初めて相手の目を見て微笑みかけた。
〃ありがとうございます、ありがとうございます〃
若い男の目から涙がこぼれ落ちた。

〝何か、ひどく思い詰めておられるご様子ですね〟

おくにはちらりと横目で男が握りしめている両の拳《こぶし》を見た。

〝申し遅れました。わたしは両替屋銭大屋《ぜにひろや》の跡継ぎで金一《きんいち》と申します。金の一と書きます。両親《ふたおや》が金が一番という考えなので〟

〝まあ、大店《おおだな》の銭大屋さんの若旦那《わかだんな》様だったんですね。お見逸《みそ》れしました。わたしはくに、紬だけを売る古着の床店《とこみせ》をやっています。わたしに話してもそちらのご同業の方々の間で、噂《うわさ》になるなんてことあり得ませんから、よかったら、あなたのお悩み、伺いますよ〟

おくには切れ長の目が線に見えるほどの満面の笑みを浮かべた。

〝それでは〟

金一は堰《せき》を切ったように話し始めた。

〝手習い所で一緒だったおいくと好き合うも、父親の仕事が屋台の煮売り屋だという理由で、両親が頑固に縁組みを認めてくれなかったのですが、二年も粘って、やっと渋々承諾してくれました。でも、祝言の日取りも決まっていたというのに、おいくは流行病《はやりやまい》であっさりと亡くなってしまいました。やっと四十九日が過ぎたばかりだというのに、うちの親たちはもう縁談を勧めるのです。今度こそ、迷うことなく、銭大屋と釣り合う富裕な店から嫁を迎えろと、わたしの顔を見るたびに言うのでやりきれません。祝言前でよかったとまで言われた時は、わが父親ながら、手が出そうになりました〟

金一は握った拳をぐいとおくにの前に差し出して見せた。

〝駄目、駄目。御両親にそんなことをなすったら、亡くなったおいくさんが悲しみます〟

おくには自分の両手で金一の拳を開かせた。

〝そうでした。おいくは一度は身を引くことさえ考えた、心の優しい女でした〟

〝きっと心だけではなく、身体も温かな方でしたでしょうね〟

おくには金一の両手を自分の胸に引き寄せた。

〝ほら、こんな風に。そうでしょ？〟

〝おいくっ〟

金一はおくにに抱きつき、その胸に顔を埋《うず》めて号泣して、姫が見せられていた視界が消えた。

再び光が見えると、それはおくにの立ち姿に変わった。

〝これはまさに脂《あぶら》の乗った鴨。ようは墓所の新仏ほど、味のいい獲物に出会えるところは、そう多くないってことなのね。それにしても、これほどの上物を見つけられたなんて幸運だわ〟

〝それ、お相手が男前の上、跡継ぎの若旦那だということだから？〟

〝あら、わたしが玉の輿《たまのこし》狙いだとでも？〟

〝違うのですか？〟

〝まあさかぁ、わたしはこんな年齢《とし》で、ちっぽけな紬の古着の床店をやってる身、金一さんのご両親がいい顔するわけないし、子どもを産め産めなんていう嫁いびりから始まって、いずれは亭主にまで見限られ、妾《めかけ》の子を育てさせられるなんて真っ平ご免〟

〝それではあなたの目的は？〟

〝決まってるじゃない。今の時を女として愉《たの》しむことよ。他に何があるっていうの？ 男が女にぼーっとなってくれるのはね、残念だけどほんの一時《いっとき》なのよ〟

おくには、なぜかほんの少し両目が狭《せば》まるだけの強い目の力と共に凄みのある笑みを浮かべ、ゆめ姫の見えている世界が漆黒《しっこく》の闇《やみ》に包まれた。

四

再び光が姫の視界を開いた。

――思っていた通り――

見えているのは寝所であった。おくにと金一が並んで布団の上に横たわっている。

――たぶん、おくにさんの家――

ゆめ姫がそう思ったのは、布団の生地がよくある柄の絵模様ではなく、おくにが着ていた着物によく似ていたからであった。

〝こんなに気持ちが和らいだのは久しぶりだな〟

金一はまだ息を弾ませている。

〝それはお役に立ってようございました〟

開けた衿元《えりもと》を合わせながら、おくには目が線になる笑顔でさらりと言ってのけた。

〝そんな他人行儀は止《や》めてくれ。そして、こうしてしばしば会ってほしい。そうしないとわたしはおいくの死を乗り越えられそうにない〟

〝いずれは相応の方と縁組みされるのですものね〟

〝あなたがいてくれて、このような時さえ持てれば、両親の期待に添える気もしてきた。あなたに会えてよかった〟

金一がしみじみと言ったところで、また光と共に何もかもが消えた後、おくにだけが見えてゆめ姫に話しかけてきた。

〝うーん、狩ってしまうには惜しい相手ではあるけれど、もっと美味《おい》しい獲物がいるかもしれないし、この男に縛られる時が勿体《もったい》ない。まあ、わたしは猟師なんだから仕方がないのよね。それに、どうせわたしはおいくって女の代わりの間に合わせでしょ？　面白くなーい〟

そう言ったおくには、布団の下に隠していた出刃包丁を手にした。

〝ふふふ、よーく、切れるように研《と》いでおいたのよ、ふふふふ〟

――あのぞっとするような笑いだわ――

思わず姫が身を固くした次の瞬間、金一の悲鳴が上がって、見えている世界が真っ赤な血の色に染まり、やがていつもの闇と静寂が訪れた。

そこでゆめ姫は目を覚ました。

暑さと恐ろしさで浴衣《ゆかた》がぐっしょりと汗で濡《ぬ》れている。着替えを手伝った藤尾が、

「昨夜はことのほかの暑さでしたね。それにしても、姫様、お顔色がよくありません、夏風邪《なつかぜ》でも召されましたか？」

「いいえ、大丈夫よ。ただ、食が進まないので朝餉《あさげ》は昼餉と一緒でいいわ。お粥《かゆ》にして」

真顔で案じた。

「かしこまりました」

応えた藤尾は、

――悪夢をご覧になったのね。成仏できない霊が供養を乞《こ》うたり、まるで不可解だったりする夢だといつも話して聞かせてくださる。このわたくしにも誰にもまだおっしゃらないのは、酷《むご》すぎる顚末《てんまつ》の夢だからだわ。わたくしが怖さで震えたり、眠れなくなったりしないよう、姫様ならではのお心配りだけれど、わたくしはそんなお優しさに触れる一方で、お辛さをどうしてさしあげようもない――

不安の余り、ますます胸が詰まってきた。

――せめてお粥に合う召し上がり物でもお作りしよう。やっとわたくしも姫様から教わって、そこそこ煮炊きが人並みぐらいにはできるようになってきたことだし――

なす術《すべ》のない藤尾は、姫が池本家の妻女に指南されて好物になったという梅醬《うめびしお》を作ることにした。

――ああ、でも、甘めの梅干しという味わいの梅醬はすぐにはできないのだったわ。塩抜きに時がかかるから、昼餉には間に合わない――

藤尾はため息をつきながら大奥から届けられてきている、紀州の梅干し二十粒ほどを水を張った盥《たらい》に投じた。

この後四刻（約八時間）ほど置いて塩を抜いた後、種を取る。篩《ふるい》で裏漉《うらご》しして土鍋《どなべ》にこの梅肉を入れ、適量の砂糖を二回に分けて加え、木杓子《きじゃくし》で混ぜながらゆっくり弱火で四半刻《しはんとき》弱（約二十分）煮上げる。仕上げに味醂《みりん》を入れると照りが出て、蓋付きの小瓶《こがめ》に入れて涼しい場所に置けば、半年ほど保《も》たせることができる。

――梅醤ができるのは夕刻近くになるわね――

仕方なく藤尾は朝餉を兼ねた昼餉には、炊きたての白粥に、削《けず》ったばかりの土佐《とさ》の鰹節《かつおぶし》に醤油《しょうゆ》を垂らして供した。

「ありがとう」

ゆめ姫は蓮華《れんげ》を手にしたが思うように口へは運ばない。

「それではごゆっくり召し上がってください」

藤尾はこういう時の常で長居しなかった。

――作ったわたくしの手前、無理やり召し上がろうとなさるのでは姫様がお気の毒だもの――

藤尾が下がると姫は蓮華を置いて文机《ふづくえ》に向かい、以下のように昨夜の夢を書き留めた。

一、夢の中でおくにと名乗った下手人は紬だけを売る古着屋と称している。
一、年齢の頃は大年増。賢さを持ち合わせている美形。
一、墓所で話しかけて誘った若い男は両替屋銭大屋の若旦那金一。許嫁《いいなずけ》を急な病で失った痛手で深く落ち込んでいる。おくにの誘いに乗ったのはそれゆえか？
一、金一が出刃包丁で殺されたのは布団まで紬と思われるので、おくにの家ではないか？

――それにしても、おくにさんはどうしてこのような酷なことが出来るのかしら？　たしかに金一さんがおくにさんとあのような関わりを持ったのは、亡きおいくさんへの想いゆえだったと思うけれど、おくにさんが誘いさえしなければあり得ないことだった。おくにさんとあんなことになって金一さんは、おいくさんとの思い出を汚してしまったのではおくにさんに呵責《かしやく》の念はないのかしら？　これではまるで誘って殺すのを楽しんでいるかのようだわ――


姫はぞくりと身を震わせた。

眠りの時は足りているはずなのに心も身体も重く、着替えはしたものの、文机にもたれてうとうとしかけた時、

「姫様、奉行所より文が届きました」

藤尾が部屋の障子を開けた。

文は奉行所与力《よりき》にして、実は将軍の御側用人池本家の次男信二郎《しんじろう》からのものであった。信二郎は奉行所では秋月修太郎《あきづきしゅうたろう》と名乗っている。

修太郎は赤子の頃、夫と子どもを亡くした浪人の妻に拉致《らち》された。その女の再婚先、秋月家が町奉行所与力を務めていたので修太郎は秋月家の嫡男として育てられ、両親を実の親だと信じて生きてきた。

ところが秋月家に子が生まれると、連れ子である修太郎の立場は微妙なものとなり、察した修太郎は秋月家を出て跡取りの座から身を引いた。

修太郎は噺家《はなしか》として修業していたものの、相次ぐ病死で秋月家が絶えかかり、秋月の養母《はは》に乞われるままに家督を継ぎ、与力として奉行所に出仕していた。

ゆめ姫は赤子の頃神隠しに遭《あ》った我が子が今も必ず生きている、会うことができると強く想い続けている池本方忠の妻亀乃、そして、他家の赤子の拉致という罪の意識に戦《おのの》く秋月家の妻女の霊に導かれて、与力秋月修太郎にして噺家、戯作者《げさくしゃ》の秋本紅葉《あきもとこうよう》が、御側用人の次男池本信二郎だという真実の証を立てたのであった。

秋月修太郎こと池本信二郎は姫の夢力を信じており、それゆえ、殺し等禍々しい上に解決がむずかしい事件が起きると姫に助太刀を頼むようになっていた。ただし、ゆめ姫が将軍家の姫であることだけは知らない。父方忠からは亡くなった恩人の娘だと伝えられている。

信二郎の文には以下のようにあった。

本日、早朝、大川の百本杭《ぐい》に引っ掛かっていた男の骸《むくろ》が見つかりました。杭のおかげで、死後、あまり長く水に浸《つ》かっておらず、幸いにも懐中の財布や根付け、守り袋等は損なわれていませんでした。

持ち物のおかげで蔵前《くらまえ》の両替屋銭大屋の倅《せがれ》金一とわかりました。三日前から許嫁の墓所で神隠しに遭ったと思われるから探してほしいと、金一にはすでに両親《ふたおや》から願いが出ていました。

死に到る因《もと》となったのは出刃包丁によるメッタ刺しです。下手人は心の臓を一突きにできなかったのではなく、痛みを訴える相手を刺し続けることを、楽しんだ挙げ句に最後の一撃を加えたようです。

もちろん、財布や金で出来ている根付けや煙管《きせる》が遺っていたのですから、物取りの仕業では決してありません。

何とも身の凍る事件です。

金一の両親《ふたおや》は一人息子の無残な殺され様に心が砕け、医者にかかるほど失意のどん底に落ちています。たしかにお金がいくらあっても、愛《いと》しい者の失われた命だけは買い戻せませんから。

これだけの事件なのであなたはおそらく夢に見ていることでしょう。

そして、たいそうな心痛を背負い込んでいることと思いますので、今日はお目にはかからず、明日、お話を伺うこととして、まずは文にして失礼いたします。

信二郎

ゆめ殿

この文を読んだ姫は藤尾を呼んだ。

「昨夜この事件の夢を見たのよ」

ゆめ姫は信二郎の文に書かれていない下手人のおくにについても話した。

五

「おくに？　それって、姫様、出雲阿国《いずものおくに》じゃないんですか？」

藤尾はやや声を低めた。

「いずものおくに？」

「そうでした、姫様が知るはずのない女子《おなご》でした」

藤尾は低めた声で出雲阿国について話し始めた。

「こういうことって、近松《ちかまつ》の心中物と同じでお上がお取り締まりになればなるほど、延々と密《ひそ》かに語り継がれていくものだと、おとっつぁんが贔屓にしてた獅子舞《ししまい》の親方が正月の振る舞い酒の一杯加減で言ってるのを聞いたことがあります。何でも、阿国という女《ひと》は大権現様がこの江戸に開府なさる以前の生まれだそうです。その阿国さんは出雲大社《いずもたいしゃ》の巫女《みこ》となり、文禄《ぶんろく》（一五九二～九六）年間に出雲大社勧進のため、諸国を踊り歩いてたいそうな評判をよんだと言われています。この頃はまだ今ほど通行の取り締まりが厳しくなかったのでしょうね。阿国さんの踊りは少女の可憐な踊りであるややこ踊りから、遊び好きの男たち、傾《かぶ》き者が茶屋の女たちと戯《たわむ》れる場面を含むようなかぶき踊りに変わっていったがゆえに、とても人気があったそうです。その後、かぶき踊りは城下町の遊女屋が客寄せに取り入れたこともあって、あっという間に広まったのだとか。公儀は女の芸人が舞台に立つことを禁じる等、何年もかけてこれを取り締まり、ついには禁止したんです。阿国さん自身が恋多き女で、とてつもない淫婦《いんぷ》だったとする説もあるそうです」

「そうすると、夢の中の女はあえて阿国と名乗ったということになりますね」

「わたくしはそう思います」

藤尾はきっぱりと言い切った。

この夜、ゆめ姫はまたあの地味でありながら、上品な艶《つや》っぽさを漂わせている大年増と遭った。

〝あなたはもしや不遇に亡くなった出雲阿国さんの霊なのでは？〟

姫は訊《き》いてみた。

〝いいえ〟

相手は艶然と笑って、

〝そんな昔にこのような髪は結いませんでしたし、出雲阿国さんならここまで地味な紬は着なかったでしょう〟

前の時と同様、両袖の端を摘まんで、

〝けれどもこれは極上の大島紬です。黒と緑の絹糸が艶やかに紡がれていて、まるで蝶《ちょう》になって飛んでいるような軽やかさです。二百年以上昔にここまでの技はなかったはずです〟

くるくるとその場で回って見せた。

〝踊りもお上手そう――〟

姫が感嘆すると、

〝たしかにおくにと名乗ったのは、出雲阿国さんのことを知って、興味を抱いたからですけれど、阿国さん仕込みのかぶき踊りができるわけじゃあありません。わたしのは芝居の女形が踊るのを見ての自己流です〟

生真面目《きまじめ》な応えが返ってきた。

――人を殺すような女にはとても見受けられないわ。もしかして、双子の姉妹で昨夜の夢に出てきた方と、今話している女とは別人なのかしら？――

ゆめ姫は信じられない想いであった。

すると即座に、

――わたしはわたしです。双子の姉妹なぞおりません――

相手はふふふと目が線になるまで笑って、

〝さあ、今日もおくに芝居の始まり、始まり〟

楽しくてならない様子で呼び声を上げて、

〝今日は昨日ほどの上物は捕まりそうにないけれど、たいていはこんなもんなんですよ。いつもいつも会心の狩りができるというわけではありません〟

場面を中規模の呉服屋と思われる店先に変えた。

〝何かお探しものでも？　わたしは手代の和助《わすけ》と申します〟

そこそこ男前の部類に入る若い手代が、揉《も》み手《で》でおくにに近づいてきた。

――ぞろぞろいるのよね、こういう野心の脂で、てらてら顔が光ってるっていう感じの若い男――

〝なかなかよろしいお召し物ですね〟

〝ええ、まあ〟

前の時と違っておくには素っ気ない。

〝てまえどもにはお客様がお召しになっているほどの逸品の用意はございませんが、お取り寄せをかけることはできます〟

〝亭主がどうしてもわたしと揃いがいいと言ってきかないんですよ〟

〝ならば織り元に頼んで、限りなくそれに近いものを織らせましょう。それにしても、お仲のおよろしいことで。あなた様のようなお美しいお方と、揃いで極上の紬をお召しになって日々を暮らしていらっしゃるなんて、羨《うらや》ましい限り、まさに男冥利《おとこみょうり》に尽きますね〟

〝広い池の大きな緋鯉《ひごい》が増えるのはよいけれど、亭主の年齢《とし》まで増えるのはうんざり。鯛《たい》三昧《ざんまい》の夕餉も飽きてきてるし。そもそもが相手ときたら二十歳も年上なんですもん、お爺《じい》さんと暮らしてるようなもんよ〟

おくにはぞんざいな物言いをした。

〝広い池の大きな緋鯉と鯛三昧ですか？〟

ごくりと生唾を呑んだ和助の額に脂汗が滲《にじ》んだ。

観賞用の大きな緋鯉や鯛三昧の日々は富裕者の証であった。

〝緋鯉や鯛はお好き？〟

おくには誘うような流し目をくれた。

〝ええ、もう、それは〟

和助の額はぴかぴかと光っている。

〝わたしの名はくに。よかったら、一度遊びにいらっしゃいな〟

そこで、見えていた世界が一度消えて、次にはおくにが着ていたのと同じ、黒と緑の大島紬が使われている布団が見えた。

〝こんないい思いをしたのははじめてだよ〟

〝あんたさえ、その気になれば、もっといい思いをさせてあげるわよ〟

〝ほんとうかい？〟

〝もちろんよ〟

〝俺、もう、実はさ、親たちから小遣いをもらっているだけの小便臭い小娘たちには飽き飽きしてんだよ。舌がすっかり驕《おご》っちまってて不味《まず》いったらない〟

〝ふふふ、わたしの年寄り嫌いと同じね〟

〝それにあんた、とにかく凄いよ。俺たち最高の相性かも〟

布団に横たわっている和助は、額のみならず、全身から満ち足りた証の汗を滴《したた》らせている。

〝こんなの、序の口。これから、もっとよくしてあげるわよ〟

〝ひぇーっ〟

和助がうれしい悲鳴を上げたところで、場面は一時おくにだけになった。

〝こういう類はね、少しの情も禁物なのよ。そのうち、あれもこれも欲しいって、ねだってくる一方になるに決まってるから。ま、雑魚《ざこ》を狩ったんだから仕様がないけど。始末はこれよ、これ。変わった趣向〟

姫に話しかけてきたおくにの手には、よく手入れが行き届いた鋤《すき》が握られている。今度は浅い闇の中に悲鳴と血の色が長く滲《にじ》み続けた。

「おくにさん、止めて」

ゆめ姫は大声で叫んで目を覚ました。

「姫様っ」

姫を案じるあまり、廊下に座って仮眠を取っていた藤尾が障子を開けて駆け込んできた。

「また、恐ろしい夢をご覧になったのですね」

「ええ」

「お話しいただけますか？」

「もちろんよ。その前に麦湯をお願い」

気がつくと喉《のど》がからからに渇いていた。

「わかりました」

麦湯で喉を潤したゆめ姫は今、見たばかりの夢について話した。

「すると、その男を殺した女は出雲阿国さんの霊ではないのですね」

「ええ、でも、阿国さんのことを知っていて、名乗ったのだから、嫌いではないのでしょう」

「大島紬を着ていたのですね」

藤尾の念押しに姫が頷くと、

「大島紬は、薩摩《さつま》藩が支配している奄美《あまみ》大島で織られている絹地で、糸から反物、着物になるまでに一年以上もかかる最高級の紬です。そうなると、その男殺し女はますます得体の知れないお大尽ということになります。夢の中で言っていたことの半分は本当で、富裕ながら年齢《とし》の離れた亭主に飽きた大年増のお内儀なのかも――」

「わからないのは、わたしと話している時のおくにさん、そう悪い女のようには見えないことなの」

ゆめ姫が首を傾げると、

「殺すのに使った出刃包丁や鋤を手にしていた時もですか？」

藤尾は厳しく追及し、

「その時の顔は別人みたいに怖かったわ」

「でしょう？」

したり顔で頷いた。

――姫様ときたら、他人様《ひとさま》の悪意よりも善意を信じすぎるお人柄なのだから、もう――。相手は男ばかり殺す女だから姫様に害は与えないでしょうけれど、取り憑《つ》かれるようなことはあるかもしれない――

藤尾がやきもきしていると、明け六ツ（午前六時頃）となり、早々と信二郎から走り書きの文が届いた。

また、若い男の骸がでました。山谷《さんや》堀《ぼり》の今戸《いまど》橋の袂《たもと》に放《ほう》り出してあったのです。わたしは今、その場にいて検分に立ち会っております。

骸は前回よりも一層無残です。鋤で全身が耕されたかのように打ち据えられて血まみれでした。長く苦しんだものと思われます。

顔には傷が少なく、水に浸かっていないせいで、骸は浅草の呉服屋衣屋《ころもや》の手代和助とわかりました。和助と湯屋で顔を合わせたことのある一人が骸を見つけたからです。和助は町娘たちにたいそうな人気で、湯屋へ行くところを待ち伏せしているおちゃっぴいが何人もいたとのことでした。
前回同様、財布に銭は残っていました。やはりまた、物取りの仕業ではありません。急を要する事態になっているので、ここの始末がつき次第、そちらへまいります。
取り急ぎ
信二郎
ゆめ殿

六

走り書きを読んだゆめ姫は、おくにが出て来る昨夜の夢についても、一昨日《おととい》の夢同様に書き留め、何日かして訪れた信二郎に見せた。

素早く目を通した信二郎は、

「やはり、あなたは起きている恐ろしい凶事を夢に見ていたのですね。生まれ持っての力とはいえご苦労の程いかばかりと──」

労《いたわ》りの眼差《まなざ》しを投げ掛けてきて、

「しかし、紬の似合うおくにと名乗る大年増が下手人とは──」

困惑気味に小首を傾げた。

それもあってゆめ姫は、

「下手人の見当はおつきなのでしょうか？」

訊かずにはいられなかった。

「衣屋の手代和助が通っていたのは浅草新鳥越町《あさくさしんとりごえちょう》にある湯屋湯一番《ゆいちばん》でした。和助の骸を今戸橋の袂で見つけたのは、和助と同じ湯屋で顔を合わせていた若い大工の要三《ようぞう》です。要三には、言い交わした娘がいたのですが、その娘が和助に心変わりしていたことがわかりました。要三には和助への恨みがあります。骸を見つけたと名乗り出たのは、ちょうどその頃、近くから朝一の舟が出る時だったので、見ている者がいるかもしれないと考えて、山谷堀に投げ込むか、捨て置くつもりが一転、見つけたことにしたのだろうと見做《みな》していま す。悪賢い奴です」

——下手人が女の人じゃないなんて‼——

聞いた姫は衝撃を覚え、

「前に銭大屋の跡継ぎ金一さんが殺されましたね。その一件との結びつきは？」

訊くと、

「出刃と鋤、殺しに使われたものも違いますし、二件は関わりなしということになっています。銭大屋の金一殺しは依然として手掛かりなしですが——」

信二郎は再度ゆめ姫が書き留めたものに目を落とした。

「それがしはあなたの夢の力を信じています。あなたがこの二件は同一の下手人によるものだという夢を見ているのなら、その通りだと思います。けれども、夢だけで他の者たちを得心させることはできません」

「おくにさんを早く止めないとまた狩られる男が出てきてしまいます。お願いです、おくにさんを探してください」

姫は必死に頼んだ。

「わかりました。探してみます。それにはまず、あなたが夢で見たというおくにの顔形を描《か》いてください」

早速、紙と描くものが用意されて、ゆめ姫は思い出すままに筆を取った。普段、絵心などさほど持ち合わせていないのだが、こと夢で会った相手についてだけはするすると筆が動いて、見たままを紙の上に蘇《よみがえ》らせることができた。

信二郎は奉行所へと帰って行き、

――ゆめ殿、ゆめ殿――

聞き覚えのあるなつかしい声に促されて、ゆめ姫は隣りの家の庭へと歩いた。

隣りの庭には樹木が多い。見事な松の大木もある。姫は迷わずそこまで歩いた。

――ゆめ殿、やっと来てくれましたね――

松の木肌に見えている端正で優しげな一橋《ひとつばし》慶斉の顔が口を利いた。といっても、心から心への会話ではあったが――。

――あら、慶斉様が松にまで――

以前の慶斉が木肌に顔を見せることができたのは銀杏《いちょう》に限られていた。

――お役目とはいえ、あなたの近くには藤尾の他に特定の男がいる。対するためには、滅多に会えませんからね。わたしもこうして力をつけませんと。わたしたちは言い交わしているというのに、会いたい一念です――

――光栄ですわ――

――礼を言ってほしいわけではありません。わたしはあなたが関わっている事件の手伝いをしたいのです。例えば、今、お縄になっている要三が下手人ではないとわたしは断じることができます――

慶斉がそう言い放った刹那《せつな》、要三と思われる小柄な若い男が、か細い灯《あか》りの光を頼りに、廃屋に運び込んだ古い木材で、鉋《かんな》かけの鍛錬をしている様子が克明に姫の目に浮かんだ。

〝長さのある木材を一削りで端から端まで上手く削れるようになるには、一にも二にも鍛錬、鍛錬〟と呟く要三は汗まみれであった。

――要三さんは和助さんが殺された時、こうして木材削りの温習に精魂を傾けていたというわけですね？――

――その通りです――

――だったら、温習場にしている廃屋に木材や鉋が見つかり、嫌疑が晴れるのでは？

――

――それが遊び好きの和助と違って要三は生真面目な上に几帳面《きちょうめん》なので、廃屋とはいえ、削り滓《かす》一つ残さずに清めて帰るので、証となるようなものは何一つ残っていないのですよ

――

慶斉はしかめっ面でふうとため息をついた。

――最後に一つ。どうしてあなたは要三さんのことをこんなに詳しくご存じなの？――

――わたしは湯屋が好きなのです。若い女たちが押しかけると聞いて、出かけて行った湯屋で知り合った友の一人が要三です。気骨のあるいい奴ですよ。それに比べて和助ときたら、女たちに耳触りのいいことばかり囁く、ちゃらちゃらしてるだけのいい加減な男です。殺されたのは気の毒ですが、からかい半分に手を出しては捨てるという、ぞんざいな女あしらいを知っているので、あまり同情できません。要三が疑われるのは不本意なのです。どうか、あなたの力で要三が責め詮議《せんぎ》で石など抱かされて偽りを口にさせられ、首を打たれる前に、真の下手人を見つけ出してください。わたしも真の下手人は女だと思います――

慶斉は切々と語った。

――わかりました。ところであなたは湯屋が好きなのではなく、和助さん目当てに若い娘さんたちが集まる湯屋だから、湯一番に通っていらしたのでは？――

ゆめ姫が痛いところを突くと松の木肌の慶斉の顔がだんだん薄くなっていってとうとう消えてしまった。

この夜、姫はまたおくにと夢で会った。まずは、薄い水色が目に飛び込んできた。

〝これは越後上布《えちごじょうふ》。お上に献上されている高級な麻織物よ。あんまり粋なんで通人のものとも言われてるの、よい響きでしょう？〟

おくにがにっこり笑うと場面が変わった。水色の越後上布の布団の横に置かれた戸板に、全裸の若い男が横たわっている。戸板の両端、四箇所に打たれた釘《くぎ》にその男の開いた両手両足が縛りつけられていた。

〝愉しみ、愉しみ〟

若い男は無邪気にまだ笑っている。

〝そうね、愉しみだわね〟

最初に薄い水色が眼前に現れたのは、おくにが水色の越後上布を尼頭巾《あまずきん》とし、墨衣を纏《まと》った、尼姿になっていたせいだった。その顔はまだ笑っていたが、一本の線になった目からはきらり、きらりと鋭い刃物のような光を放っている。

――おくにさん、もう、血を流すのは止めにして――

ゆめ姫が心の中で大声で叫ぶと、

――血はもう流さないから安心して――

おくには墨衣の片袖から白い組紐《くみひも》を取り出して扱《しご》いて見せた。

――今度はこれ、これで仕留めることにする――

尼姿のおくにが戸板に縛りつけられている若い男にのしかかった。相手の恐怖と苦悶《くもん》の表情が姫に迫ったが、上げているはずの悲鳴は聞こえない。

「お願い、止めて、お願いっ」

ゆめ姫は叫んで跳ね起きた。

翌々日、信二郎が訪れたのは夕刻近くになってからであった。

姫は信二郎が口を開く前に、昨夜の夢を書き留めたものを差し出した。

「下手人は老舗の菓子屋星月堂の女主お玲だとわかり捕縛し、要三はすぐにお解き放ちになりました。あなたの描いた絵が功を奏したのです。まさにあなたの夢見通りでした。ありがとうございました」

信二郎は礼を言って頭を下げた。

――星月堂の女主お玲さんですって‼――

ゆめ姫は下手人が女ではないと信二郎から告げられた時よりも、さらに強い衝撃を受けた。

――万物の命に気を配ってあそこまでのお菓子を作ることができる方が、その手で残《ざん》虐《ぎゃく》を愉しむかのように、尊い命を奪っていたとはとても考えられない――

「わたくしにはとても信じられません」

姫は俯《うつむ》いて込み上げてくるものを隠した。

「それがしもです。星月堂の女主の上生菓子が食べたくて、茶の湯の稽古《けいこ》に通っております」

信二郎の声は静かに澄んでいた。

「お玲さんは殺したことを認めているのですか？」

「まだ何一つ話してくれていません。ただし、駕籠《かご》舁《か》きの平太《へいた》が戸板に両手両足を縛りつけられたまま、白い組紐で首を絞められて死んでいたのは、向島《むこうじま》にある星月堂の寮でした。白い組紐はお玲のものとわかったので、もう言い逃れはできなかったはずです」

「寮には結城紬、大島紬、越後上布の布団があったのでは？」

「結城と大島の布団には血が染み付いていて、越後上布の方は骸が乗った戸板のそばにありました。あなたの夢見と合わせてこれで前二件とつながりました」

「このままではお玲さんは――」

「淫楽《いんらく》の果てに、男三人を残忍に殺したのですから、おそらく厳しい詮議の上、極刑が下るはずです」

「何とかして」

ゆめ姫の言葉を受けて、

「重い心の病であるとの証が立てられれば、女でもあり、星月堂は商家とはいえ開府より続く名家ですので、死罪だけは免れるかもしれません。それには、まずはお玲が仔細《しさい》を話してくれないとどうにもならないのです。ところが、あの様子では黙り続けるのではないかと。向島の星月堂の寮で、立ち寄った物売りがたまたま骸を見つけたゆえ、寮と日本橋の星月堂、両方をくまなく調べるとこちらが告げた時、お玲はこれ以上はないと思われる覚悟の顔で、〝このような恥ずかしいお調べを受けることになっては、大権現様以来の星月堂の誉れは全て無になります。お話しすることは何もございません。どうか、お好きなようにお調べ、御仕置きくださいʺと言い切って後、一言も話してくれてはいないのですから――」

信二郎は頭を抱えた。

七

――お玲さんが本当にあんなことをしたとすれば、夢ではまだ語っていない何かが、きっとあるはずだわ――

「わたくしとお玲さんとは夢で出会って話した間柄です。わたくしには心を開いてくれるかもしれません。一度、わたくしと話をさせていただけませんか？」

姫は信二郎に頼んだ。

「実はそれがしもそれを考えていたところです」

「それでは早速――」

ゆめ姫が立ち上がりかけると、

「今日のところは無理です。まずはお玲を大番屋から伝馬町《てんまちょう》の牢《ろう》に移さねばなりません。両替屋銭大屋の主夫婦がお玲の身に何かあってはとうるさく気にかけているので、今も番屋には何人もの見張りをつけているぐらいなのです」

「金一さんの御両親は、どうしてそこまで、下手人とされているお玲さんを案じるのです？」

「瓦版屋《かわらばん》は早々に三件の男殺しの下手人はお玲だと書き立てています。これほど酷く禍々しい事件は稀でもあり、市中の者たちの怒りの石礫《いしつぶて》はお玲に向いていて、一時は番屋が取り囲まれる始末でした。縄をうたれたお玲が伝馬町に向かう途中、見世物同然になってしまい、警固の役人ともども襲われて殴り殺されでもして、もし、お腹《なか》に子でも出来ていたら、その子の命まで失われてしまうと銭大屋夫婦は心配でならないのです。金一は一人息子であんなに裕福でも銭大屋にはもう跡取りがいないのですよ。それゆえ、困った時の金持ちの常で、奉行所のお歴々に法外な付け届けをしてきているので、下のそれがしたちも、お玲には相応の気遣《い》いが要るのです。だって、入牢は女牢に使われている西口揚《あが》り屋ではなく揚り座敷なのですよ。銭大屋夫婦は〝もし、金一の子どもが腹にいるならば、お玲の仕置きは子どもが生まれて、こちらが引き取ってからにしてほしい〟とまで言っているのです」

「呆《あき》れますね」

姫は夢の中の金一が許嫁が死んでまだ月日も浅いというのに、すぐにも別の相手を探し始めたという両親に、並々ならぬ反発をしていたことを思い出していた。

――無理もないことだわ。跡継ぎを通して、自分たちの富を永遠に守りたいのですもの、ようは末代まで心よりもお金が大事、一番なのね――

「ですから、お玲は今日、夜中に唐丸籠《とうまるかご》で向こうへ移すことになりました。明後日《あさって》になればお玲も多少は落ち着くでしょうから、お会いいただけます。それがしがここへ迎えにまいります」

「わかりました。お願いします」

信二郎は番屋へと戻り、ゆめ姫はこの信じられない、信じたくない星月堂お玲の男殺しの話を藤尾に話した。

「一緒にあの方が作ったお菓子をいただいたのですもの、藤尾だって、信じられないでしょう？」

姫は藤尾に共感してもらいたかったが、

「実はわたくしはそう意外でもないのです。風鈴は素敵でしたけど、蟷螂の卵袋や枯れ草を模して上生菓子に拵えるなんて、実は正直、気がしれないと思っていました。まあ、同じ菓子屋でも、あちらは大権現様以来のお店で風流を解する老舗の名店、羊羹を主に作ってきたわたくしの実家《さと》なんかとは雲泥の差、それゆえぴんと来ないのだと思って引け目にも思っていましたが――」

相手は真顔で洩らした。

「それでは、藤尾はお玲さんがあんな恐ろしいことを平気でしたとでも？」

「平気かどうかさえ、わたくしにはわかりません」

そこで藤尾は口をつぐんでしまった。

その夜、ゆめ姫の夢にまたおくにと前に名乗ったお玲が出てきた。着ているのはごくありきたりの縞木綿《しまもめん》で、海老茶《えびちゃ》の紐で襷掛《たすきが》けをしている。

ただし、菓子作りをしているわけではなかった。文机に向かっているお玲は一切話しかけてこようとはしていない。

――お玲さんだったおくにさん、今はそのように呼ぶしかないのよ――

姫は話しかけてみたが応えは無かった。

お玲は紙に一心に何やら書き続けている。文机の下の畳の上には、ぎっしりと文字で埋まった紙が束になっていた。

――お玲さん、お玲さん――

なおも名を呼ぶと一度だけ、お玲は手を止めて、

「誰かわたしを呼んだ？　まあ、出て来た風のせいね」

小首を傾げたが、すぐにまた筆を硯の墨に浸《ひた》して書き続けていく。

ゆめ姫はお玲がいる部屋を見渡した。

六畳の座敷の壁には押し入れがあり、外へ向けて開いている障子の先は縁側だった。

――これ、前に戸板に縛りつけておいて絞め殺した相手と居た場所だわ。向島の星月堂の寮に違いない――

畳の上に本が五冊ほど重ねられている。『好色江戸女』という題字で、作者の名は渋沢《しぶさわ》樹馬《たつま》、渡ってきた風のせいでぱらりと表紙がめくられると、わりに名の知れた絵師による美人画の口絵が見えた。お玲よりずっと若いが目に宿る知的で勝ち気な輝きは同じだった。

──渋沢樹馬とは？　この本にはどんなことが書いてあるのかしら？──

姫が手を伸ばそうとしたその時、さっとお玲が畳に身を倒して『好色江戸女』を抱きかかえた。各々別な題字の本だとばかり思っていたが、五冊の本はそのどれもが『好色江戸女』であった。

そこでゆめ姫は目を覚ました。すでにもう夜は明けている。『好色江戸女』という題字と表紙の絵とがくっきりと頭に刻まれている。

──市井にくわしい藤尾なら知っているかもしれない──

姫は藤尾を呼んで、『好色江戸女』について訊いてみた。

「それはちょっとお話ししていいものかどうか」

藤尾は今までにないほど困惑を極めた。

「迂闊《うかつ》にお教えしては浦路様に叱《しか》られてしまいそうで──、どうか、お許しください」

口籠《くちご》もった藤尾を、

「躊躇《ためら》うことなどありません。これには人一人の命が掛かっているのですから」

ゆめ姫は強く促して、昨夜の夢の話をした。

「お玲はお縄になったのですから、もう男探しはできなくて当然ですが、姫様に話しかけもせず、こちらが話しかけても応えず、ひたすら何やら書き続けていたというのは確かにおかしいですね。もしかして、お玲は双子なのかもしれません。双子は畜生腹と嫌われていますから離してしまうのが世の常なので、当のお玲も知らない双子の姉妹が男たちを殺《あや》

を突き止めないと――」

「だとすると、お玲さんは双子の姉妹の罪を被《かぶ》ってしまったことになるわ。何とか真相を突き止めないと――」

「たしかにどんな小さな手掛かりでも大事ですね。『好色江戸女』が真の下手人探しの手掛かりになるかもしれません。お話しいたします」

藤尾は覚悟を決めて話し始めた。

「『好色江戸女』は今より百年以上前の上方《かみがた》は大坂の井原西鶴《いはらさいかく》が書いた『好色一代女』の今風、江戸版だとわたくしは思っています。渋沢樹馬はここ二、三年の間に出てきて売れている双紙《そうし》作家です。『好色一代女』というのは、京に住まう男が、友人と一緒に草庵の主である老女から、生涯の思い出話を聞くというのが始まりです。ようは京の姫君に生まれた女の転落記です。悦楽と苦悩とが交錯する遊女生活の末に、太夫《たゆう》から天神《てんじん》、鹿恋《かこい》、端《はし》女郎《じょろう》へと堕《お》ちてゆく有り様が語られています。女は一念発起して苦界から這《は》い上がろうとするのですが、色欲をはじめとするさまざまな欲や男への情に負けて、一層深みへと堕ちていくのです」

「そのことが今風の江戸版だと男たちを手に掛けることになるの？」

「まさか。そんな酷いことを書いたら、本にしてくれる版元はおりませんでしょう。それにこれを書いた渋沢樹馬は男ですもの、男が女に殺されるなんていう、みっともない話を書くはずありません。『好色江戸女』は女の盛りを嫁入り前の娘の頃までと決めず、もっと自由に若い男たちを誘って、女であることを愉しもうという内容の本です」

――そういえば、夢の中で話していたおくにと名乗るお玲さんは、生涯女を愉しみ続けたいというようなことを口にしていた。おくにを名乗るお玲さんも『好色江戸女』を読んでいたのかも――

「藤尾はこの本を読んでいるのでしょう？　くわしい内容を教えて」

「何話かの話に分かれてはいますが、どれも若い男を誘う手口が書かれていました。一話目はたしか、〝尊い獲物は悲しみと共に〟で寺の講話の席での出会い、二話目は〝買うのは物だけではない〟として、呉服屋は良き狩りの場だと書いてありました」

「一話、二話とも、おくにを名乗るお玲さんと、殺した相手との出会いそのものじゃないの‼　わたくしが事件のことを話した時に、どうして、そうだと気付いて早く教えてくれなかったの？」

やや詰問調になったゆめ姫に、

「けれど、姫様、『好色江戸女』には、今起きているような恐ろしい結末なんてないのです。若い男と大年増、ちょっと世の習いからは外れた組み合わせですけれど、互いに愉しみ尽くせばそれでよしっていう話なんですから。男探しの秘訣《ひけつ》についてだって、それほど奇想天外ではありません、言われてみればなるほどでしょう？　あんな夏でも身も凍るような酷い事件とはとても結びつけられませんでした」

藤尾はおろおろと応えた。

八

翌日の昼過ぎに、ゆめ姫は迎えに訪れた信二郎と共に、お玲が囚《とら》われている伝馬町の揚り座敷へと向かった。

途中、姫から昨夜の夢の話を書き留めたものを渡された信二郎は、

「今回は血なまぐさいことにならずに何よりでしたが、前回までの一連の夢とはがらりと異なっています。どういう意味なのか、戸惑ってしまいますね」

気難しい表情でしきりに首を傾げた。

揚り座敷の前に立つと、

「それがしは外で待ちますので、よろしくお願いします」

信二郎に託されて、姫はお玲と向かい合った。

「お玲でございます。夢でわたしに会われたというお方ですね。わたしはあなたにお会いする夢なぞ見てはおりません。ですので、あなた様にお話しすることなど何もございません」

木綿の囚衣姿のお玲は硬い表情でいた。

――この顔、たしかにあの一連の夢に出てきた時の顔だけれど、何かが違う。夢のおくにさんはこの女《ひと》ではない――

夢の中でおくにと名乗っていたお玲は、曰《いわ》く言い難い蠱惑的《こわくてき》なものが全身から漂ってき

ていた。

——やはり、藤尾が推し量った通りでは？——

「あなたには双子の姉妹がおられるのでは？」

姫は訊かずにはいられなかった。

「亡くなった両親からは、双子で生まれたとは聞いておりません。仮に、伏せられていただけだとしても、今更知りたくはありません」

「もしや双子だった場合、あなたのお姉さまか妹さまが、今回のような無残な事件を起こしているかもしれないのですよ」

「わたしは自分が人殺しではないなぞとは申しておりません」

——何とも取りつくしまがないわ——

「でしたら、あなたは三人もの男を殺した張本人なのですか？」

ゆめ姫は思い切ってずばりと斬《き》り込んでみた。

沈黙が続いた。

「応えたくありません」

お玲は冴《さ》え冴《ざ》えとした目を瞠《みは》り、冷え冷えとした口調で言い切った。

「わたくしはあなたそっくりの方が殿方を誘った後、惨殺《ざんさつ》するのを夢で見ました。そっくりの方と申し上げたのは、こうしてお会いしてみて、何人も殺したのはあなたではないと思ったからです」

「代を重ねて家業を守り続け、老舗と呼ばれるようになる間には、秘した方がよろしいさまざまな事柄があるのです。わたしに双子の姉妹がいたとしても、生前、その事実を話さなかった両親は、鬼籍に入った今でも誰にも知られたくはないはずです。どうか、要らぬ詮索《せんさく》はお止めくださいこの通りです」

お玲は頭を下げた。

――そういえばこの雰囲気は――

「わたくしは昨夜、また、あなたの夢を見ました。昨夜のあなたは今のあなただと感じられます。あなたは何枚もの紙に筆を走らせていて、近くに『好色江戸女』と題された本が数冊ありました。その本の中身をあなたが知っているのはわかっています」

するとと突然、

「あなたは『好色江戸女』をご覧になったのですね」

お玲の顔が青くなって声が震えだした。

「はい。口絵に描かれているのはお若い時のあなたを想わせる、とてもお綺麗《きれい》な方でした」

「すみません。気分が悪くなりました。この辺でお引き取りください。お願いします」

お玲は項垂《うなだ》れるように俯いてしまい、ゆめ姫は立ち上がって、暇《いとま》を告げるほかはなかった。帰路、姫はこの話を信二郎に話した。

「あなたが『好色江戸女』のことを話したら、常の様子ではなくなったというのは、この本に関わってお玲は何か、大きな隠し事をしているような気がします。たとえばこれを書いた渋沢樹馬と関わりがあるとか――、早速、版元を問い詰めて渋沢樹馬を調べてみます」

　信二郎はさらに一層急ぎ足になった。

　何日かして、渋沢樹馬について、知り得たことを伝えに訪れた信二郎は以下のように語った。

「版元は渋沢樹馬が咎人《とがにん》と決められたわけでもないのに、住み処《ところ》や市井で暮らしている時の名、人となりは伝えられないと強気でした。それというのも、『好色江戸女』が売れに売れたので、次の本、『好色江戸五人女』を出そうとしていたからです。これも西鶴の『好色五人女』に出てくる、駆け落ちや悲恋ものの〝お夏清十郎《なつせいじゅうろう》〟や〝樽屋《たるや》おせん〟、〝おさん茂右衛門《もえもん》〟、寺小姓への禁忌の愛ゆえに身を滅ぼした〝八百屋《やおや》お七《しち》〟、武士と商家の娘が夫婦になっての成功談である〝おまん源五兵衛《げんごべえ》〟の今風解釈話です。〝おまん源五兵衛〟以外はどれも悲しい結末になるのですが、渋沢樹馬は〝男女の愛を命の迸《ほとばし》りと見做せば、悲しい結末が全てではないはず〟と、大変乗り気でいるようで、案を練りたいからと湯治がてら箱根《はこね》へ行ったとのことでした」

　――今のお話は与力のお役目で調べられたもの、戯作者秋本紅葉としてはどのように渋沢樹馬を評しているのだろう――

　気に掛かった姫は、

「わたくしはまだですが、お仕事柄、信二郎様はとっくの昔に『好色江戸女』を読まれていますよね。渋沢樹馬様のお仕事ぶりをどのように感じられていますか？」

ふと訊いてみたくなった。

「すいっと出てきた初めの作があまりに評判を呼んだので、仲間内では今にお上からお咎めを受けるだろうとか、あれこれ言うものもおりますが、それがしは女の心と身体の揺れを描く筆が大変優れていると思います。渋沢樹馬は『好色一代男』のように、よほど沢山の女と関わってきたのでしょうね。羨ましいような気もします」

信二郎は苦笑した。

「『好色一代男』も井原西鶴という人が書いたのですか？」

流行《はや》って売れている『好色江戸女』にさえ通じていない姫が、『好色一代男』を知っているはずもなかった。

「そうです。『好色一代男』は西鶴が好色物、男女の愛を描いた一番手であり、世之介《よのすけ》という男の漁色癖《ぎょしょくへき》と奔放《ほんぽう》な生き方が描かれています。いわば世之介は町人に代表される庶民の光源氏《ひかるげんじ》で、男と生まれた理想の一生が世之介だとまで称されて、読み継がれてきているのです。これが大評判になったので、『好色一代女』も売れたのでしょう」

「書き手は常に売れることを念頭に置いているのですね」

「それはもちろん。戯作者は典雅で高尚な歌詠みや俳人ではありませんから、沢山の人に読まれてこそ面目躍如《めんぼくやくじょ》なのです。瓦版同様売れなくては話になりません」

言い切った信二郎は眉間《みけん》の間に知らずと皺を刻ませていた。

――売れるってよほど大変なことなのだわね――

「ですから、最初は、どうして渋沢樹馬が『好色一代男』の方を先に書かなかったのか不思議でした。男なら、男の理想を描く方が必ず売れると思えたのでね」

「殿方のことは殿方が一番わかるはずですものね」

ゆめ姫は素直に口にした。

「けれども、今は西鶴が生きていた時とは違います。今の上様は絵画やさまざまな調度品等、目《め》で愛でる美しいものや、舌で味わう美味しいものだけではなく、面白く楽しい芝居や戯作もお好きです。おかげで下々も多少の贅沢《ぜいたく》が出来るようになりました。大権現様から続いている質実剛健の気風は今でもありますが、取り締まりは緩やかです。渋沢樹馬はこのような時世を捉《とら》えて、『好色江戸女』を書いたのだと思います。この手の本の主な読み手は女たちです。以前は堪《た》え忍《しの》ぶ一方で、子育てと家計の切り盛りに追われていた女たちにも、当世では本を読んで楽しむゆとりができてきているのです。渋沢樹馬には今を読んで書く才もあり、これも羨ましい限りです」

「渋沢樹馬様が漁色家にしてたいそう魅力的な方だとしたら、お玲さんも惹《ひ》かれていたのではないかしら？」

ゆめ姫は『好色江戸女』を抱きしめるようにしていた、夢の中のお玲を思い出していた。夢では時に出来事や人が比喩《ひゆ》的《てき》になることが多かった。

――五冊もとめたのはよほど思い入れが深い証だわ。夢でお玲さんは本を書いているようだったけれど、あれはきっと想い人の渋沢樹馬様のことに違いない。だって、お玲さんはあれだけの腕があるお菓子職人なのだもの、戯作者であろうはずもない。口絵に若い時の姿で描かれているのがお玲さんだわね。本物の『好色江戸女』の口絵は別の方かも――

「そうですね。だとすると、渋沢樹馬はお玲より年下ですよ、きっと。渋沢樹馬はお玲にあれこれ聞いて、大年増ならではの女心を描いたのでしょう」

「なるほど、さすが戯作者ですね。わたくしはとてもそこまでは考えが進みませんでした」

姫は残念そうな表情をした。

――わらわがお玲さんだったら、どんなにか幸せだったろうに――

「でも、渋沢樹馬様が世之介のような生き方をしているとしたら、次から次へ花の蜜《みつ》をもとめる蝶のように、別の女のところへ飛び去ってしまい、お玲さんとは結ばれないのでは？」

姫はお玲の先々が気に掛かってきた。

「渋沢樹馬のような作風の者はとかく、女たちを肥やしにして太るのだと言われています」

信二郎はまた眉間に皺を寄せた。

――お玲さんも書くための肥やしにすぎないのね――

「損得づくでつきあっている玄人《くろうと》女ならよいのですが、由緒ある老舗を背負ってきた生真面目で誇り高いお玲が相手になっていたとすると、お玲の失恋の痛手は深いはずです。自分から遠ざかってしまった渋沢樹馬への恨みを、今回のような形で晴らしたとしても不思議はありません。ただし、これを重い心の病だと認める医者はいないでしょう」

お玲の犯行を裏づける言葉を口にしつつ、一層表情を翳らせた。

九

「何だかわたくしたち、お玲さんに分のよくないことばかり、見つけてしまっているみたい――」

ゆめ姫の気持ちも落ち込んだ。

「まだ本人からはっきり聞いたわけではありませんが、渋沢樹馬に関わってお玲があんなことをしでかしたのだとしたら、渋沢樹馬も罪を負うべきだとそれがしは思います。それがしはお玲の菓子職人としての腕を高く買ってるんです。今度のことでもう二度と、お玲のあの上生菓子が口に出来なくなるかもしれないと思うと口惜《くちお》しくて残念です。いつか、あなたにも味わってほしいと思っていましたし――、金鍔や大福は食べるという言い方がぴったりですが、お玲が作るものはまさに味わうなのです。それなのに――」

憤懣やるかたない様子で信二郎は拳を握りしめた。

——わらわがここで蟷螂や枯れ草を模したお玲さんの上生菓子の話をしたら、お瑠衣の方や浦路のことを話す羽目になって、身分を明かすことになってしまう——

姫はこの手のことには嘘《うそ》のつけない性分であった。

「お玲さんの作る上生菓子とはどんなものなのでしょう?」

訊いてみることにした。

「お玲の上生菓子はよくある茶席の菓子とは一線を画しているのです。これが味わい納めになるかもしれませんが、つい、この間は〝蛍川《ほたるがわ》〟というのでした。夜の川辺に集うからこそ、蛍はあのように美しいのでしょう? 筒型の底を川底に見立てて小倉羹《おぐらかん》を敷き、透明な錦玉羹《きんぎょくかん》を重ね、これに浮かぶ金箔《きんぱく》の煌《きら》めきで、瞬《また》くように光る蛍が表されていました。何とも美しくも深い情緒が感じられる逸品でした」

ちなみに小倉羹とは小豆の煉り羊羹に小豆の蜜煮を混ぜ合わせたもので、寒天を煮溶かして砂糖や水飴を加えて煮詰め、型に流し入れて固めたものが錦玉羹である。

——たしかにきっとこの世のものとは思えないほどの美しさなのでしょうね。まるで蛍の天女のように——

ゆめ姫が心の中で感嘆したその時、このところ無沙汰《ぶさた》だった白昼夢が訪れた。

それは夜半、無数の蛍が川に集う様子だった。

〝いつも御贔屓にしていただきありがとうございます〟

お玲が丁重に頭を下げた。

向島の寮での夢や揚り座敷で会った時に着ていた、地味な木綿姿であった。

――おくにさんではない、揚り座敷で会ったお玲さんだわ――

〝何が好きかってね、蛍ほど好きなものは他にないんだよ。蛍さえいてくれれば夏は他に何も要らないほどだ〟

四十歳を過ぎた年頃の男が微笑みかけている。輪郭が将棋《しょうぎ》の駒《こま》のように大きく四角く、鰓《えら》の張り出たその顔は市井に多いありふれた男のものであった。

肌つやはよく、着ているものも大島紬の小袖に揃いの羽織で、なかなかの洒落者《しゃれもの》である。

ただし、袖にすっぽりと両掌を隠している様子は、出来損ないの案山子《かかし》のようにも見える。

――大店のご主人という感じだわ、ああ、でも懐手はそぐわない――

〝あんたのところの「蛍川」、去年の夏からだったね、拵《こしら》え始めたのは〟

〝はい〟

〝わたしのために拵えてくれたのかい？〟

男は真顔で追及した。

お玲はまた頭《こうべ》を垂れた。

〝ええ、まあ〟

〝そりゃあ、うれしいね〟

〝お褒《ほ》めいただいてありがとうございます〟

すると男はお玲の耳元に口を寄せた。

〝わたしはね、蛍みたいな瞬きの輝きがたまらないんだ。それが色恋の極みだと思ってる。あんたは？〟

──まさか、この男が渋沢樹馬？──

正直、姫は少々がっかりした。

〝わたしはとても、そんな、今は──〟

お玲は狼狽《ろうばい》して俯いた。

〝わかってる、わかってる〟

男はお玲の肩に手を置いた。

〝わたしに任せておきなさい、決して悪いようにはしないから。あんたにふさわしい、これぞというよい引き合わせをしてあげよう〟

そこでゆめ姫の白昼夢は途切れた。

この一瞬の夢の話を信二郎に話すと、

「上等な紬の揃いに懐手──あなたの話からすると、その男は渋沢樹馬の版元で、このところ、『好色江戸女』で稼ぎに稼いでいる商い上手の西村屋《にしむらや》半右衛門《はんえもん》のようですね」

「西村屋さんは星月堂のお客様で、戯作者の渋沢樹馬様と引き合わせたのですね、『好色江戸女』のネタを仕入れるために──、ああ、でも、わたくしは中身を聞いただけで、読んだわけではないから言い切れないけれど──」

姫は首を傾げ、

「それがしも同じことを考えていました」

信二郎は大きく頷いて、

「『好色江戸女』は女が灰になるまでの色恋の勧めです。お玲は厳しかった先代の後を継いだ亭主に早くに死なれ、一人娘が神隠しに遭うという難儀を乗り越えて、老舗を守り通してきた一徹な女です。ネタになるような浮いた話などできはしないのではないかと——」

「人は見かけによらないものかも——。お玲さんは今も昔も美しいことですし——」

「たしかに。贔屓客の西村屋半右衛門がお玲の相手だったことがあっても不思議はありませんしね。もう一度西村屋に当たって、この推量をぶつけてみます。このままだと西村屋半右衛門も渋沢樹馬も唆《そそのか》しの罪に問われた上、何の御慈悲もなく、お玲と同じく打ち首になるかもしれないと脅せば、お玲との関わりを話してくれて、箱根の湯にいるという渋沢樹馬を呼び戻せるでしょう」

信二郎は思い詰めた表情で立ち上がった。

この夜、ゆめ姫はなぜか、三番目の殺しである、尼姿のお玲が男を殺す夢を見た。もちろん、お玲はおくにである。

おくにはふふふふと含み笑った後、

〝何でこれが駄目なの？　いいと思ったんですけどね、手習いの女師匠同様、読む側が後ろめたくなるような化けは駄目ですって。つまらないわねえ〟

細い指に不似合いな大きすぎる煙管をくゆらしながら呟いた。

夢はまだ続いた。

涼み舟が夕暮れ時の船着場に舫《もや》ってある。

次の瞬間には信二郎と西村屋が舟の中で酒肴《しゅこう》を挟んで向かい合っていた。

〝与力のあなた様が斬家にして戯作者の秋本紅葉だと存じてたんで、一度、ゆっくりお話がしたいと思っておりました〟

すでに西村屋はほろ酔い加減であった。

〝芝居にもなったあなたのお作は素晴らしかった。離れていた頼朝《よりとも》と義経《よしつね》の兄弟がやっと会えた、実は二人は敵対なぞしていなかったって話、たとえ本当じゃなくても、泣けに泣けましたよ。できれば西村屋《うち》で出したかった、口惜しかったですよ〟

〝『好色江戸女』は天井知らずの売れ行きだろうに〟

信二郎は注《つ》がれた酒を飲むふりをして袖の中に空けている。

〝まあ、そうですが、あれは糊口《ここう》を凌《しの》ぐためのものです。所詮《しょせん》好色物にすぎませんしね〟

〝それがしは好色物を低く見てはいない。面白いものは面白い、それでいいと思う〟

信二郎は言い切って、懐から『好色江戸女』を取り出した。

〝さすが、胆の太いことをおっしゃいますなあ。川の上にまでは、お上も聞き耳を立てられないからいいようなものの、陸《おか》にあがられたらお口になさらない方がよろしいです。好色物はたしかに稼ぎ頭になってくれることもありますが、お上のご機嫌を害して、こちら

が手鎖《てぐさり》になったりしないよう、抑えに世話も手間もかかりましてね、ようは金ですが〃
西村屋はにやりと笑った。
前に組んだ両手に鉄製の瓢箪《ひょうたん》型の手錠をかけ、一定期間、自宅謹慎させる刑罰が手鎖であった。入牢《じゅろう》ではないので軽めの刑ではあったが、四六時中、手錠で拘束されては仕事はもとより、常の暮らしもままならない。意外に厄介にして厳しい戒めだった。
〃それこそ、与力のそれがしが耳にしてはならぬもののはず、聞かなかったことにする〃
〃粋《いき》ですねえ、秋月様、あなたはお作は言うに及ばず、お姿もお話しぶりも文句のつけようがありません。最高の漢《おとこ》です。こんなお方に会えたなんて、わたしはもう夢心地です、幸せです。あなた様の前にはどんな相手も淬みたいなもんですよ〃
〃それがしもいずれ、淬呼ばわりされるのであろうが？〃
この時、信二郎は大きく目を瞠って相手を見据えた。
〃それはまた、何ででございます？〃
西村屋はへらへら笑いを止めなかった。
〃それがしはこの『好色江戸女』をもう一度読み返してみて、下手人を指す一点に気がついたのだ。これは間違いない〃
〃う、そんなものがどこにございましたか？〃
声こそ震えていなかったが、西村屋の顔から笑みが消えた。

〝『好色江戸女』はどうやら、亭主に先立たれたらしい様子の古着屋を営む大年増が、まだまだ冷めやらぬ恋への渇望を若い男相手に充《み》たし続けるという、西鶴の『好色一代女』を今風に陽気に楽しく蘇らせたものだ。この女はさまざまな手口で目当ての若い男たちに言い寄る。後家である自分の寂しさ、悲しさを、許嫁だった女に死に別れ、新仏の墓参りに訪れている相手に共鳴させるという話が一話。好き者で計算高いと見受けられる男前の呉服屋の手代に、商売物の高価な大島紬で富裕だと見せかけて誘う二話。大体手口はこの二通りで、後はこれらを模してさまざまな話が展開していく。相手の若い男が生真面目な職人だったりすると一話、女たちの憧《あこが》れである役者の類だと二話が配されて書かれている。一方若い男遊びを続ける古着屋の女主は、情味溢《あふ》れる同情、共感と、大年増の女ならではの蠱惑的《こわくてき》な色気とを使い分けて撒《ま》き散らす。ただし、この女は誘い続けて愉しむだけで、身に付いている長唄《ながうた》や琴、三味線《しゃみせん》の師匠までは演じるものの、他の者には一度も化けてはいないし、相手を酷く殺《あや》めてもいない。尼に扮したり相手を鋤で耕したりしてもいない〟

信二郎は西村屋半右衛門から目を逸らさず、澄んだ声で淡々と語り続けた。

一方、聞いていたゆめ姫は、咄嗟《とっさ》についさっき見えたおくにの言葉を思い出していた。

——おくにさんは尼や手習いの女師匠等、読む側が後ろめたくなるような化けは駄目だと言われて、つまらないとぼやいていた。でも、いったい、誰が駄目だと言ったの？——

〝お役目とはいえ、あなたにこのような話をされるとせっかくの興が醒《さ》めていけません〟

西村屋は不機嫌に眉を寄せ、

〝何がおっしゃりたいのかも、皆目見当がつきませんしな〟

うっすらと嘲笑《あざわら》った。

〝『好色江戸女』を読み返してみたがそれがしは、今やお玲を三度の殺しの下手人とは思っていない〟

信二郎は言い放った。

〝おや、左様ですか。わたしも星月堂さんの女主の作る上生菓子が大好きでしたので、あの女の首が落ちるのは不便だと思っていたので何よりです〟

〝不便とはまた、ぞんざいすぎる、モノ扱いではないか？〟

〝わたしにとっちゃ、女なんて皆そんなもんですよ〟

つい洩らした西村屋は、はっと気がついて、

〝いえ、たしかに星月堂のお玲は評判のいい女です。けれども、わたしの方はいい年齢なので、いい女の色香に血迷うこともなくなったという意味ですよ〟

初めて顔色を変えた。

〝思えばお玲を下手人と見做す証は、向島の星月堂の寮で、若い男が戸板の上に縛り付けられた上、首を絞められて殺されていた、ただ、それだけのことだった〟

信二郎は姫が夢で見た話は伏せるつもりのようである。

〝そうですかね？　お上は下手人相手にだけではなく、事件が起きると必ず瓦版屋に踊らされる、わたしたちに対しても駆け引きなさるでしょう？　威信にかけても、お縄にしたお玲を下手人にするはずです〟

〝その方の言い分、当たらずといえども遠からずだが――〟

信二郎は西村屋から目を離すと、

〝あと幾つか証が要る。向島の星月堂の寮で骸が見つかった一件にしても、見知らぬ者が若い男を連れ込んで殺し、そのままにしたとも考えられる。お玲の星月堂は老舗中の老舗ゆえ、またとかく男が酒好きなら、女子どもは菓子好き、男女を問わず下戸《げこ》はいるが菓子嫌いは少ない。菓子は酒にも増して熱く好まれている。それゆえ味わいと姿の妙がたまらない、お玲ならではの独特な上生菓子作りの腕を惜しみ、何とか助命しようとする動きもある。もちろん、上様にお近い御老中方のみならず、菓子好きの大奥の方々までもだ。この中にはお腹様で今、最も上様のご寵愛が深いと言われているお瑠衣の方や、姫様方もおいでだ。おまえや我らが思っているよりはるかに手強い〟

俯き加減で声を低めて呟いた。

すると西村屋は、

〝向島の星月堂の寮はくまなく探されたのでしょうね〟

憮然《ぶぜん》とした面持ちで念を押した。

〝近頃の定町廻《じょうまちまわ》り同心や岡っ引きは怠慢で困る、畳の下や押し入れ、箪笥《たんす》ばかりの一辺倒で、探し方に工夫が足りぬ〟

〝ならば水瓶《みずがめ》や厨《くりや》の米櫃《こめびつ》の中を探すことです。ここいらは意外な盲点ですよ〟

いらいらした西村屋は早口になった。

すると信二郎は、両袖を勢いよく振って、男物の着物の切れ端二種を畳の上に落とすと、

〝語るに落ちたな。仏になった者たちが着ていた物の切れ端は各々、空の水瓶の中と米櫃にあった。ただし、それを知っているのは見つけた我らと、お玲を嵌《は》めるために二人の骸の着物の裾《すそ》を切り、三人目の骸のある星月堂の寮に隠して見つけさせようとした、真の下手人以外おらぬのだぞ。これだけ酷い殺しをし続けた挙げ句、その罪を罪無き者に着せようと企んだとは言語道断、西村屋半右衛門、銭大屋金一など若い男三人殺しの罪でお縄にする〟

憤怒の面持ちで言い渡した。

〝こうなっては仕方がない〟

追い詰められた西村屋は懐から匕首《あいくち》を取り出した。

真っ暗になった姫の前で匕首がぎらりと閃《ひらめ》き、

——信二郎様、危ないっ。誰か誰か助けてあげて、助けてあげて、お願いっ——

助けをもとめて叫んでいるうちに目が覚めた。

すぐに藤尾を呼んでこの話をすると、

「大丈夫、あのお方に限ってもしものことなんてありはしません」

笑顔で励ましてくれたものの、ゆめ姫は夕刻近くに信二郎が訪れるまでは案じられてならなかった。

「おおよそはもうおわかりでしょう?」

向かい合った信二郎は笑顔を見せた。

「ええ、でも、あの時西村屋は匕首を――」

姫はまだ胸がどきどきしている。

「たしかにあわやというところでしたが、すでにそれがしたちの乗っている小舟を、捕り方の小舟数艘《そう》が取り囲んでいたのです。それに、それがしは西村屋の匕首を躱《かわ》して上に逃げ、追いかけてきた相手は滑って川に落ちて溺《おぼ》れかけ、捕り方に拾われて捕縛されたのです」

「よく、ご無事で」

ゆめ姫は歯を食い縛っていないと、今にも涙がこぼれそうだった。

信二郎によれば、牢の中の西村屋半右衛門は、

「わたしがずっと独り身だったのは、世間じゃ、金の亡者で女房子どもに食わす飯が惜しいからだなんて陰口を叩《たた》かれてきましたが、生まれつき男が好きなだけだったんですよ。それなら、男とよろしくやってりゃよくて、何も殺すこたぁなかったって? たしかにその通りなんですが、ああいうものはね、だんだん激しくなるもんです。こっちが年齢《とし》を取って、金でしか相手をしてくれる男がいなくなるとなおさらですよ。何とも相手が可愛《かわい》く

て憎くて、可愛くて憎くて憎くてね、それでですよ、殺したのは。中でも、立派な法衣と頭巾を作らせて、お瑠衣の方様の実家の寺の坊主を騙《かた》った時はよかったね、あれほどの醍醐《だいご》味は今までになかったよ。でも、まあ、男好きの男たちが皆わたしみたいじゃぁないでしょうから、やはり、おかしいんでしょうね、わたしは。人の命を何と思ってるって？　何とも思ってません。もちろん、惜しいのは自分の命だけですよぉ。西村屋の身代《しんだい》丸ごとでどうにかなりませんか？」

この手の話を繰り返しているという。

西村屋半右衛門は秋風が立つ頃、斬首《ざんしゅ》され、西村屋は取り潰しとなり、『好色江戸女』も回収された。

『好色江戸五人女』の刊行もなくなり、お上が調べに念を入れるために、箱根に人を走らせたものの、どこの宿にも渋沢樹馬の名は見当たらず、その行方《ゆくえ》はようとして知れなかった。

晴れてお解き放ちになったお玲は姫に以下のような文を届けてきた。

わたしのことを案じてくれていたお喜美《きみ》ちゃん――浦路様のお若い頃のお名です――から、あなた様のことをお聞きしました。星月堂に戻ることができた翌日、夜更けて訪ねてくれたのです。

わたしのために揚り座敷に訪ねてくださったのが、将軍家の姫様だったとは、恐れ多く、誠に勿体なきことにございます。

あなた様は、今は亡き母上様から夢で真《まこと》を見る力を譲り受け、大権現様からの命を受けて市井に住まわれ、成仏できない無念の霊たちの供養に務めるだけではなく、お上も手を焼く難儀な調べに手をお貸しになっておられるとのことでした。

そんなあなた様にだけは隠し立てをしてはいけないと良心が責められて、この文を書くことにしました。

『好色江戸女』を書いた渋沢樹馬はもともとこの世にはおりません。このわたしだからです。書いたのは年々、星月堂が窮してきていたからです。菓子の材料の質や奉公人の数や給金を下げずに星月堂の体裁を保つためにはこれしかありませんでした。わたしにできる唯一のことだったのです。

これだけはどんなことがあっても公にするまいと心に決めました。わたしは早くに婿《むこ》に入ってくれた夫に死なれ、娘も神隠しに遭い、女として孤独この上ない切ない日々だというのに、厳しい父の下で菓子修業に堪え抜いてきました。そんなわたしには時折の息抜きが要りました。それが『好色江戸女』に書いたようなことです。

話を聞いてくれた西村屋平右衛門は、〝これはとりわけ女たちに売れる、女たちに人気となれば男たちも表向きは好色物だと馬鹿にしながら、陰でこっそり読み耽《ふけ》る、とにかく金になる〟と目の色を変えて請け負ってくれました。ただし、〝突然世に出てきた若い男の戯作者にしないと駄目だ、女だてらにこんな色事を書き連ねては男たちだけではなく、肝心の女たちまでよくは思わない。挿絵は今のままのあんたでも悪くはないが、少しばかり若い様子に描いてくれ。若目に見える年増がいいんだ。作者が口絵を描くのはよくあることで、より一層、作者や本に親しみがもてる。あんたはあれだけの上生菓子が作れるのだから、口絵なぞ造作もないはずだ〟と言い切り、今まで誰もその名を耳にしたことのない渋沢樹馬が生まれました。

半右衛門は〝それから、本当は涎《よだれ》が出そうになるほど読みたいのだが、尼さんと手習いの女師匠の色模様を書くのは止めておこう。仏と子どもに関わるのは駄目だよ、人はこの手だけは清廉《せいれん》この上なく、色事とも無縁であってほしいと思ってるだろうから〟とわたしの案に朱を入れました。

半右衛門は法衣姿で人を殺めたという話なので、この時の言葉は刑死した半右衛門と共に早く忘れたいと思っています。

深夜に訪れて下さった浦路様は上様からの有り難いお言葉もお届けくださいました。

西村屋半右衛門捕縛でまたさらなる大騒ぎになったこの一件は、上様のお耳にまで入り、――言われなき罪で苦しんだ星月堂お玲への慰労として、初代が考案した星月堂の全ての菓子を、諸行事折々の菓子として将軍家が買い上げ、従来のものに加えて、登城する諸大名等に配る。菓子ゆえ、減るのは不満でも増える分には文句は出まい――とおっしゃったそうです。

これで何とか星月堂を続けることが叶《かな》います。

ありがとうございました。
徳川の世の平穏をお祈り申し上げます。

ゆめ姫様

星月堂　玲

第二話　ゆめ姫は母の涙を見て正義を問う

一

重陽《ちようよう》の節供《せつく》が近づいてきている。

この起源は宮中や海の向こうの隣国にあり、菊酒を飲んで茱萸《ぐみ》の実を入れた赤色の袋を肘《ひじ》にかけたり、茱萸の房を頭に載せると悪気を取り去ると言われていた。

茱萸は幹が道具の柄《え》になるだけではなく、小さな球形の実が熟すと赤くなり、食べられるが、菊の花弁を酒に浸《ひた》して香りを移した菊酒の方が、この時季からさまざまな種類が晩秋まで咲き誇る菊の花の美しさと共に、広くに知られて愛《め》でられていた。

「〝九月の節供ぢぢいの若衆はじめ〟なんて句もあります。ぢぢいって齢《よわい》八百歳のお爺《じい》さんのことで、海の向こうの隣国の故事で不老不死の菊慈童《きくじどう》でもあるんですって。これにあやかったのが、姫様もよく御存じの肌の老いを撥《は》ね除《の》ける着せ綿。菊の綿とも言って、大奥でも重陽の日の夜のお化粧には欠かせず、皆様、菊の花に載せておいた綿で顔を拭《ふ》いておられますよね」

菊の花が大好きな藤尾はゆめ姫と一緒に縁側に座って、うっとりと庭の菊の花々を見つめている。

姫と藤尾が起居している家の庭の菊は、昨年、大奥の女たちを想《おも》い描きながら植えたものだった。

古くから伝えられてきた菊には嵯峨《さが》菊、伊勢《いせ》菊、美濃《みの》菊、肥後《ひご》菊、江戸菊等がある。

「嵯峨天皇が愛でられたという太い茎が真っ直ぐに伸びて、茎を挟んで几帳面《きちょうめん》に両側に花をつける、上品な風情《ふぜい》の白い嵯峨菊は、大奥のため、上様のため、信念を決して曲げず、常に前向きな御台所《みだいどころ》、三津姫様そのものでございますね」

ゆめ姫はその白い嵯峨菊を見遣《みや》った。

「そして、その隣りにふんわりと咲いている色違いは赤桃色の嵯峨菊で、姫様だとわたくしが決めさせていただきました」

藤尾は赤桃色の嵯峨菊を指差した。

「あの肥後菊は浦路。肥後菊は赤、白、黄色と色がはっきりしていて、花びらが細くてもしっかりとした力強さ、逞《たくま》しさがあります」

浦路の隙《すき》のない表情と佇《たたず》まいを姫は思いだした。

「わたくしは赤い小菊に譬《たと》えていただきました。光栄でございます」

藤尾は照れ笑いを浮かべた後、

「でも、姫様がお瑠衣の方様を黄色の江戸菊に譬えられたのはちょっと――」

江戸菊は開花につれて花姿が変わり、〝狂菊〟とも言われていて、開いた花からほぼ放射状に長い舌のような花弁が飛び出している。人気があるのは他の菊にはない、色気のある奔放な美しさゆえであった。

「でも、まあ、その様子を遊女や女の悦ぶ肢体に擬《なぞら》える向きもございますからね。だとしたら、上様をすっかり虜《とりこ》にしておしまいになったお瑠衣の方様を言い当てていますけど」

肩をすくめた藤尾を尻目に、ゆめ姫は黄色の伊勢菊から目を離せずにいた。

同じ黄色でも江戸菊とは異なり、細い花びらが揺れるように縮れながら垂れ下がる様は、何とも繊細優美で感興をそそられる。

――これが父上様がおっしゃっていた亡き生母《はは》上《うえ》様の菊なのね。父上様はこの黄色い伊勢菊を自ら描いて、着物に誂《あつら》え母上に贈ったのだという――

生母《はは》、お菊の方が着ていた形見の伊勢菊の着物と打ち掛けは、譲り受けた姫が大事に大奥の簞笥《たんす》にしまっている。

――けれど、黄色い伊勢菊が金糸の刺繍《ししゅう》で幾つも刺されていたり、一部に金箔《きんぱく》や金粉で変化がもたらされている等、どんなに美しく贅《ぜい》を凝らしたものだったか、しっかり覚えているわ。そしてこれをお召しになった生母上の絵姿がどれほど美しかったかも――

思い出したくなった姫は一瞬目を閉じた。

するとあろうことか、肩を震わせて畳に崩れ落ちしくしくと泣いているお菊の方、ゆめ姫の生母の姿があった。

〝生母上、どうされました？〟

声を掛けたが振り返ってはもらえない。

〝生母上様、生母上様〟

大声を出したが応《こた》えはなく、

〝どうされたのです？〟

姫は肩先に手を置いた。

気づいたお菊の方はやっとこちらを見た。ただし、娘を見る目ではなかった。

〝わらわはゆめ、あなたの娘です〟

ゆめ姫は生母を指差した手で自分を指して大きく頷《うなず》いて見せた。

それでも相手は頷かずに、姫をじっと見つめてから、そばにあった紙に以下のように書いた。

わたくしは耳が聞こえません。聞こえなくなったのです。

そう書くとお菊の方は顔を上げてもう一度ゆめ姫を見た。

――この顔は生母上ではない、お玲さん――

姫は戸惑った。

――お玲さんが男殺しの下手人に仕立てられそうになった一件は、綺麗《きれい》さっぱりもう片付いたはずなのに――

「どうしてなの？」

姫は叫んで目を開いた。

藤尾が何やら口を動かしているようだったが一切聞こえなかった。

――何とわらわまで耳が聞こえなくなってしまった――

姫は自分の耳を軽く叩《たた》き、首を横に振った。

また、藤尾の口が動いた。何か言っているようだが、姫には聞こえない。姫が自分の耳を指差し、首を振ると、藤尾が硯《すずり》と墨、筆に紙を運んできて、

（姫様は突然、耳が聞こえなくなったのですね）

まずは書いて見せた。

姫は話し、相手は紙に書いて答える。

「その通り」

（お痛みは？）

「全くないのであわてて医者など呼ばないように。たぶん、今さっきの白昼夢と関《かか》わりがあるように思います」

（白昼夢というのは何だったのです？）

「亡き生母上様でいらっしゃいました」

（上様の御側室の中で、今でも一番美しいといわれるあのお菊の方様が――、姫様、さぞ

かしうれしく思われたでしょう？）

「ずっと泣いておられたわ。わらわにもすぐにはお気づきになられなかった」

（お菊の方様は姫様にお会いになりたかったゆえに、白昼夢をお見せになったのでは？）

「どうしてお玲さんの顔に変わったのかしら？」

（御生母上様なら早くにあちらへ逝《い》ってしまいになり、姫様や上様に会いたい一心でお泣きになるということはよくわかります。でも、お玲さんは嫌疑も晴れ、商いの目途《めど》も立って悲しみに沈んでいるはずありません。わかりません）

「それに生母上様も耳が聞こえないとおっしゃっていたわ」

（お菊の方様の話はよく耳にいたしますが、お耳がご不自由だったとか、そうなられたとかいう話は伺っていません）

「だとしたら、これはきっと誰《だれ》かからの助けを呼ぶ言伝《ことづて》に違いないわ。その誰かを突き止めてさしあげないと」

（お気持ちはわかりますが、くれぐれもご注意ください）

「わかりました、ありがとう」

この夜、ゆめ姫は耳の聞こえない子どもになった夢を見た。

――それにしても、何って、暗いのかしら、黴臭《かびくさ》いのかしら――

目が慣れてくると、我が身が置かれているのは、池本家に起居していた頃《ころ》に入ってみたのと同じような土蔵の中だとわかった。

お腹《なか》が空《す》いていることに気づいた。

――夢の中の人になったというのに、不思議にも、お腹も空くし眠たくもなる――

腹に刺さる匂《にお》いがこぼれてきた。

――あ、これ知ってるわ、深川飯《ふかがわめし》だわ――

深川飯は濃い出汁《だし》で新鮮な浅蜊《あさり》を煮たものに、取れたての柔らかな葱《ねぎ》を加えて仕上げ、炊《た》きたての飯に掛けて食べる。

いい匂いのする方へ近寄ろうとすると、何やら重いものを引きずっているかのようで、右足に痛みが走った。見ると、鎖《くさり》が巻き付いていた。

――何と囚《とら》われている――

いい匂いが近づいてきた。

盆の上に深川飯の入った丼《どんぶり》があり、赤の塗りが剝《は》げかかった箸《はし》が添えられていた。

盆が土蔵の土間に置かれると、

逃げたら殺す。

この一文が書かれた紙が一瞬、姫の目の前を遮った。その後、紙は四角い鰓《えら》張りの男の顔に変わった。

――この顔!!――

見覚えがあった。

――西村屋半右衛門そっくり。でも、もっと若くて痩《や》せている。けれど、なぜまた西村屋そっくりの男が関わってくるの？　極悪人の西村屋は打ち首になったはずなのに――男に見られているのは嫌だったが、空腹でならないゆめ姫は箸を取った。そばの男はごくり、ごくりと喉《のど》を鳴らせつつ、緩んだ口元から涎《よだれ》を流し続けている。

箸を置くと、なぜか、次に待っている事が何であるのか、姫にはわかり、

――ああ、嫌だ――

ぶるっと身震いが出て目が覚めた。

二

姫からこの夢の話を聞いた藤尾は、

(西村屋半右衛門は男色だったということなので、似ている若い男が名乗り合わなかった息子だったなんてことはあり得ません。御生母上様がお玲さんに変わったのと同様、わかりません。でも、御生母上様が夢に出てきたからには、姫様の身を案じてのことだとは思います。ますます、油断ができなくなりました)

と書き、もちろんゆめ姫には告げずに、両三軒と向かい側七軒に町人の姿で起居している警固の者たちに、

「怪しい人影を見ました。姫様が拐《かどわか》されないとも限りません」

一時たりとも気を緩めてはならぬ、緊張を怠らぬようにと命じた。

信二郎が訪れた。〝好色江戸女〟の事件終結以来である。

「自分の声が聞こえないので、少し、お聞き苦しいかもしれませんが――」

向かい合った姫は硯と筆、紙を信二郎の方へ押しやった。

信二郎はすぐに解した。

「実は――」

ゆめ姫は囚われの身となっている童女が自分だったという夢を話した。

「わたくし、耳の聞こえない子どもでした」

（なるほど、それで、こうして起きている時でも耳が聞こえなくなったのですね）

信二郎は痛ましそうに姫を見た。

「よいのです。きっと耳の聞こえない、いたいけな女の子が苦しんでいる証《あかし》ですから。もしや、あなたが今、ここへおいでなのは、市中で同じような事件が起きているからでは？」

（お察しの通りです。生糸問屋蚕屋《かいこや》の一人娘、五歳の千世《ちよ》が一昨日《おととい》からいなくなったのです。三百両の身代金《みのしろきん》をもとめる文が来ています。千世は生まれつき耳が聞こえません）

「御両親はさぞかしご心配でしょう？」

（それはそれは。特に母親のお徳《とく》は後添えとはいえ、元は蚕屋の奉公人で、生まれた時から千世の世話をしてきた女なので、たいそう千世を可愛《かわい》がっていたとのことです。眠れず、食べられずで医者が案じるほどです。お徳が大事な身体《からだ》なので、二十歳近くも年上の主《あるじ》である助右衛門《すけえもん》は、こちらの方も心配しています。跡継ぎの男の子が生まれるかもしれないのですから)

「夢に出てきた西村屋そっくりの若い男は、夢の中の子どもだったわたくしの耳が聞こえないことを知っていました。千世ちゃんの耳のことは蚕屋の奉公人はもとより、出入りする者なら誰でも知っていたでしょうから、千世ちゃんを拐かした下手人は蚕屋の中か、近くにいるのではないかと思います」

(やはり。たいした御明察です。早速調べてみます。ありがとうございました)

礼を言って信二郎は帰って行った。

二人分の唐芋饅頭《からいもまんじゆう》に椀《わん》の一番出汁を添え、盆に載せて供そうとしていた藤尾は廊下で信二郎とすれちがった。

——あら、残念。せっかく、わたくしでも拵《こしら》えられる時季の饅頭と、姫様に習った一番出汁でゆっくりしていって頂きたかったのに。それにしても、いつもこのお方は用件が終わると急いで帰ってしまわれる。姫様はきっと、もう少し共に時をお過ごしになりたいでしょうに——

「まあ、美味《おい》しそう。道理で厨《くりや》からいい匂いがしていたはずね。藤尾も一緒に」

ゆめ姫は無邪気に喜んだ。

(わたくしの分は厨にございます。あの、もう一人分は池本様のためにお持ちしました)

「信二郎様はお役目で忙しいのです」

（奉行所の与力《よりき》を務めているだけではなく、噺家《はなしか》や戯作者《げさくしゃ》でもあるあのお方の尽きぬお話は飽きることがなく、楽しいといつぞや姫様はおっしゃっていました。お役目のお話ばかりではがっかりでは？）

「そうでもありません。あの方の真実を見極めようとする着眼には感心させられますし、何より、あれだけ広く活躍されておられるというのに、与力のお役目をないがしろにしない心意気には頭が下がります」

――姫様はいつの間にか、わたくしなど足元にも及ばぬほど大人になってしまわれた？

――言葉を失った藤尾はまだ湯気の立っている唐芋饅頭に菓子楊枝《ようじ》を突き立てた。

ちなみに唐芋饅頭は幾つもの小さな角型の唐芋が鬼の角のように見えるので、鬼饅頭とも言われている。

小指の先ほどの大きさに角切りにした唐芋を水で晒《さら》して変色を防ぐための灰汁《あく》抜きをした後、塩と砂糖をまぶす。しばらく置いた後、小麦粉とよく混ぜ合わせる。混ざりにくい時は水を足す。これを大きめの木匙《きさじ》で山型に蒸籠《せいろう》に落として行き、四半刻《しはんとき》（約三十分）弱蒸し上げる。

唐芋饅頭の材料は唐芋、小麦粉、塩、砂糖だけであり、思いついてすぐ出来る上に失敗がないのが藤尾の気に入っている点であった。

そして菓子の後、煎茶《せんちゃ》ではなく、少量の一番出汁を啜《すす》るのが市中の茶屋での流行《はやり》であり、これについては姫に褒《ほ》められるものとばかり藤尾は思っていたが、

「一番出汁をお茶の代わりにするのなら、唐芋饅頭がもう少し甘くてもいいのでは？　砂糖と塩を唐芋に加える時、砂糖の量をもっと多くしては？」

ゆめ姫は真顔で評した。

少々、気分が落ち込んだ藤尾だったが、

「でも、一番出汁は最高よ」

姫の一言に思わず笑顔になった。

――苦労した甲斐《かい》があったわ――

一番出汁は人肌よりやや熱い湯に昆布《こんぶ》を入れ、半刻（約一時間）ほど熱さを保った後、沸騰少し前まで煮立たせて鰹節《かつおぶし》を入れ、沈んだところを濾《こ》し器で漉す。湯を人肌よりやや熱い状態で半刻保ち続けるのが、コクがあってさらりとした一番出汁の胆《きも》であるのだが、これがなかなか気骨が折れる。

翌々日の夜、まだ耳が聞こえないままのゆめ姫は、土蔵で囚われの身になっている続きを夢に見た。

――ああ、よかった。恐れていたようではなかった――

姫は西村屋に似た若い男が子どもの自分を弄《もてあそ》ぶのではないかと震えていたが、その男は脂粉の匂いのする相棒と一緒だった。

そうとわかったのは、ひそひそと話し声が聞こえてきたからであった。

〝いいのかい？　話なぞして〟

〝いいのよ、どうせ耳が聞こえないんだし。それにさ、もう、あの子要《い》らないもの――〟

〝そうだったな、三百両の身代金さえ貰《もら》えば冥途《めいど》へお別れだった。握り飯に毒を仕込むとしよう。骸《むくろ》は川にでも流すとするか〟

〝あたしにはこのお腹の子が一番、あんたとの子だもの――〟

〝それにしても旦那《だんな》様は鈍い〟

〝ったくよ、千世が死んでくれて、そのうち、あたしが毎日盛ってる、じわじわと出てくる毒の効き目で、うちの人が続けて卒中で死ぬ。もう若くはないんだし、娘が殺された痛手ゆえだろうと、卒中で死んでも誰も怪しまないはず〟

〝忠義の大番頭もいい加減、年齢《とし》だしな〟

〝そっちの方はあんたが殺《や》ってよ〟

〝悪い女だな〟

〝あんただって悪い男よ〟

〝お互い様ってわけか〟

〝そうだわね〟

この後は男女の呻《うめ》くような歓喜の声が土蔵の薄闇《うすやみ》を熱く変えた。

そして、

——あらっ、わらわ、耳が聞こえてる——

夢の中でゆめ姫が気がついたとたん、

〝蚕屋、徳、番頭益吉《ますきち》、蚕屋娘千世拐かしの罪で捕縛する〟

信二郎の声が響き渡るのが聞こえた。

その翌日、訪れた信二郎は、

「聞こえるようになったとのこと、何よりです。ところであなたが夢で見たという西村屋似の若い男というのが決め手になりました。蚕屋の一番若い番頭益吉とすぐにわかったからです。世の中には似た顔の者が三人はいると言いますが、血のつながりもないのに、ここまで似ているのは珍しい。益吉は若くして番頭に取り立てられたというのに、恩を仇《あだ》で返す酷《ひど》い企みでした。それがしたちは益吉を見張り続けて、使われていない土蔵の中に入っていくのを見たのです。あろうことか、そこには内儀のお徳が待ち受けていました。お徳の方は蚕屋の前妻美弥《みや》の嫁入りについてきた実家《さと》の紙問屋の奉公人でした。お徳は全《すべ》て益吉に唆《そそのか》されてやったことだと言い張っていますが、益吉はお徳の方から持ちかけられたことだと譲りません。可哀想《かわいそう》なのは流産したお徳の腹の子でした。まるで仏罰をその子一人が背負わされたかのようで——。二人にもいずれ厳しい沙汰《さた》が下るはずです」

捕縛に到った経緯《いきさつ》を説明した。

「千世ちゃんは助け出されたでしょうね」

姫は念を押さずにはいられなかった。

「もちろん。鎖で囚われていた足の傷の手当てが済むと、硯と筆、紙をもとめ、そこに益吉とお徳が交わしていた言葉を書きました。ただ、何より、その時、千世の耳が瞬時とはいえ治っていたのが不思議でした。そして、二人が言った通りに書いたとしても、五歳の子どもには、まだ、わからぬこともあるのにと、さらにまた摩訶《まか》不思議でした。しかし医者は、そもそも心身ともにまだ弱い子どもが、長く命の危険に晒されていたような場合、我が身を守るために、このようなことも起こらないとは限らないと申しておりました。生まれつき目の見えない子どもが山道で仲間とはぐれて迷い、見えている仏様の後光を頼りに無事下山できた例などもあるそうです。それがしたちはこの医者の見識を認めて、益吉、お徳の悪事の動かぬ証とすることにしたのです」

信二郎はやや明るい面持ちになった。

三

——わらわの耳を千世ちゃんと同じように聞こえなくさせて、下手人の一人は西村屋半右衛門似の益吉だと報《しら》せるために夢がわらわに告げてきたのはわかるけれど、泣いていた生母上は？　お玲さんは？　わからないわ——

ゆめ姫の心にはまだ生母とお玲の涙がわだかまっていた。

そんなある日、

「星月堂が献じてきました」

藤尾が息を弾《はず》ませて朱塗りの重箱を掲げ持ってきた。

お玲からの文も添えられていて、〝重陽にちなんで〟とあった。

「まあ、凄《すご》い」

重箱の蓋《ふた》を開けた姫は叫んだ。

まずはぱっと目を引く承和色《そが》の黄と桃色が目に入った。

「重陽にちなむとありますから、これ、菊なのでしょうけど、よく見かける重陽の菊のお菓子とは違いますね」

藤尾は首を傾げた。

毎年この時季に市中で見かける菊の菓子は、小豆餡《あずきあん》か白餡を包んで丸い形にした煉《ね》り切《き》りの中央に、鬱金《うこん》色か、緋《あけ》に染めた求肥《ぎゅうひ》の蘂《しべ》が置かれ、菓子箆《へら》で菊の花びらが刻まれている。

重箱の中には餡入りの丸い煉り切りを小さめに拵え、びっしりと幾重にも重なり合っている菊の花びらに見立てるべく、柔らかめの煉り切りを三角袋に入れてその上一面に絞り出してふっくらと盛り上げたものがあった。

「これはきっと近くで見る菊の花の咲き姿です」

姫は言い切った。

「そういえば――」

藤尾は顔を重箱に近づけた。

「鬱金色の地に桃色を混ぜた煉り切りを茶巾《ちゃきん》で絞っています」

「お玲さんは菓子篦などでは表せない、菊の繊細な花びらを表しているのでしょう」

「たしかに、照柿《てりがき》色の蘂は花粉袋の一つ一つまで描かれています」

「鬱金色の他に桃色や照柿色を使って、細かく広がる菊ならではの花びらと、中ほどの蘂を繊細で独特な形に見せているのです。さすがお玲さんの仕事ですね」

ゆめ姫はため息をついて菓子皿にお玲の菊菓子を取ると、早速菓子楊枝を使い始めた。

藤尾も菓子楊枝を手にした。

そして、姫が二つ目に菓子楊枝を伸ばすと、

「手間ひまだけではなく、何より上質の材料を惜しまない星月堂のものは、風流の粋を集めた姿の上生菓子だけではなく、どんなものでも味がよいのですよね」

すかさず藤尾もそれに倣《なら》った。

「その後、お玲さん、どうなさっているかしら？」

――夢で生母上がお玲さんになったのは、何か、止《や》むに止まれぬものを抱えているからではないかしら？――

「星月堂は大繁盛のようです。あんなことがあって、お玲さんはいわれなき罪に泣いたわけですから、わーっと皆の同情が集まったのです。あそこは元々、決して引き札（広告ちらし）なんかで人寄せをしません。それで、これまであまり広くは知られていなくて、店

の構えが古くさくて馴染《なじ》みにくいとか、たかが饅頭一つがよほど高いんじゃないかなんて、敬遠していた人たちが、同情心に興味津々《しんしん》も加わって立ち寄るきっかけになったのです。食べてみたら美味しい、安くはないがそれだけのことはあるってことになったみたいです」

――商いに案じることがなくなったというのになぜ泣いていたの？――

姫は目を閉じてみた。

母のお菊の方からお玲へと顔が変わる、あの夢の一場面が浮かび上がって消えた時、

「ご免下さいませ」

玄関で訪《おとな》いを告げる女の声がした。

「噂《うわさ》をすれば星月堂のお玲さんです」

――やはり、お悩みがあるのだわ――

「客間にお通しして」

こうしてゆめ姫は再びお玲と向かい合った。

「その節はありがとうございました。せっかく揚《あが》り座敷までお運びいただいたというのに、権現《ごんげん》様の所縁《ゆかり》の姫様とは露知らず、ご無礼を申し上げてしまい、真《まこと》に申しわけなく思っております。どうかひらにご容赦くださいませ。お許しくださいませ」

お玲は深く頭《こうべ》を垂れた。

「後ほどご丁寧な文をいただいたことでもありますし、その件はもう――。それと、わた

くし、市井ではただのゆめという名で通しておりますので、お気遣いは無用です。どうか、頭をお上げになってください」

姫はすっかり恐縮してしまった。

「お許しいただきまして、ありがとうございます」

お玲はゆっくりと頭を上げた。

「こちらこそ、先ほどお届けいただいた結構な菊のお菓子のお礼を言わねばなりません」

「お城に上がる前は、菊という名だった姫様の御生母様《おかあさま》の若き頃を思い出して拵えました。この名は重陽の行事がある生まれ月にちなんだものだそうでした。とにかく、綺麗で優しい気性の方で皆の憧《あこが》れだったのです。上様に見初《みそ》められてお城へ上がると決まった時は、何人もの若い衆が酔いに酔って、大川に身投げをするなぞと言って自棄《やけ》になっていました」

「父上様のお話では、生母上様が父上様を選んだのは失恋の末だったということでしたのよ」

「お菊様は家と家の都合ではない、欲得を離れた真の愛をもとめていましたから、とかく傷つくことが多かったのでしょうね」

「そんなことまでご存じのお玲さんは生母上様のお友達？」

「わたしの方が年下でしたが、三味線《しゃみせん》のお稽古《けいこ》でご一緒でした」

――これでどうして、夢の中の生母上様の泣き顔がお玲さんになったかがわかった――

そこでゆめ姫はこの夢の話をお玲に話した。

「まあ」

お玲は感嘆して、

「大それたことでございますが、浦路様からあなた様への時季の上生菓子のお届けから始まって、お菊の方様の御霊《みたま》がわたしをあなた様にお引き合わせくだすったのかもしれません」

と洩《も》らした。

「お玲さんがお作りになったあの時の上生菓子は、この菊のもの同様、舌だけではなく心に響く見事な出来映えのお味でした」

姫はひとしきりまた、お玲の上生菓子を讃《たた》えた後、

「外れていたらごめんなさい。お玲さんはわたくしに何かおっしゃりたいことがおありで、こうして、この夢治療処《ゆめちりようどころ》へいらっしゃっているのでは？」

相手に真意を促した。

「ええ、実はそうなのです。わたしごとき者があなた様のご身分を存じ上げていながら、お願い事をするのは身の程知らずとは重々承知致しております。けれども、どうしてもあなた様のお力にお頼みしたくて――」

お玲は畳に手をついて、頭を畳につくまで垂れた。

「今ここにいるわたくしはこの夢治療処を開いていて、皆様の夢見を聞き、お困りのこと

や、願っていることの相談を受けております。ゆめ姫ではなく、ただのゆめです。そして、これが権現様から託されたわたくしのお役目の一端なのです。どうか、遠慮なさらずにお話をなさってください」

ゆめ姫はこれ以上はないと思われる温かい微笑《ほほえ》みを浮かべた。

「わたしには早くに亡くなった夫との間に一人娘がおりました。佳奈《かな》といいます。お転婆《てんば》で多少利かぬ気のところはありましたが、明るく人なつこく、可愛い娘でした。お佳奈のおかげで家の中は笑いが絶えず、寡婦《かふ》になったとはいえ、わたしは娘の笑顔に支えられて、どんなに幸せだったかしれません。そのお佳奈がいなくなったのは十六歳の娘盛りの時でした。今から七年前のことになります」

――娘さんのことは信二郎様から神隠しとだけ聞いているけれど――

「さぞかし、ご心配でしたでしょう？」

「はい、とても。帰ってこなかったのは霜月《しもつき》十日戌《いぬ》の日でした。親しくしているお友達に訊《たず》ねても、皆さんご存じなくて。店の者たちと手分けして捜しました。次の日になっても戻って来ませんでしたし、お金をもとめる文も来ませんでした。まさかとは思いましたが

――」

「殿方？」

「お佳奈が残した日記には、言い寄ってきていた何人かの若者たちのことが書かれていました。その中の一人には満更でもないようで、〝近く京料理の修業に旅立ってしまうから

寂しくなる、ついて行こうかな〟とありました。〝あたしに星月堂を継がせようとしているおっかさんが知ったら、家から出して貰えなくなるかも――〟などとも。十日、一月、一年と時が過ぎ、お佳奈はその方の修業について行ってしまい、わたしの元から去って行ったのだと思うようになりました」

「番屋への届けは？」

「神隠しとだけ。わたしはたしかに『好色江戸女』を書きました。ですが、これは権現様以来の星月堂を守り続けるという大義のためです。婿《むこ》を取ってわたしの跡を継ぐはずの一人娘が、手に手を取って駆け落ちしたなぞとは、口が裂けても言えることではありませんでした。あまりに恥ずかしいことなので――」

「娘さんからの便りは？」

「七年間一度もありませんでした。元気にしていれば孫が生まれていてもおかしくない歳月が経《た》ちました。それで、もしやという思いが時折、頭を掠《かす》めましたが、孫はきっと男の子で、わたしに報せると、その子を星月堂の跡継ぎにしたいと、親子水入らずで暮らしている京まで押しかけて来かねないので、便り一つ寄越さないのだとよい方に考えることにしていたのです」

お玲はそこで一度言葉を切ると、膝に重ねた両手を小刻みに震わせた。

四

「あなたがよくない方に考えるようになったのは、継母と奉公人に拐かしを装って殺されかけた、耳が不自由なお千世ちゃんの顚末《てんまつ》を知ったからではありませんか？」

思い切ってゆめ姫は訊《き》いた。

千世の救出に到る話は、信二郎が固く伏せたにもかかわらず、洩れて瓦版屋《かわらばんや》たちが書き立てまたたく間に市中に広まっていた。

「奉行所の中にネタを売る者がいるのですよ。まさに人の口ならぬ奉行所役人の口に戸は立てられぬですが、まあ、今回は千世は無事で悪人たちは仕置きされたのですから、市中の者たちは、戯作を越える醍醐味《だいごみ》を味わったことでしょう。辛《つら》い浮き世を生き抜くためのそこそこの息抜きになったはずです」

信二郎は苦笑していた。

瓦版の記事には、〝千世を助け出すことができたのは、夢に仲立ちさせるお告げ処《どころ》の力添えもあって――〟とだけゆめ姫の助力が記されていた。

「この一件の調べ書はそれがしが記しました。奉行所内部の者がこっそり調べ書を読んで、瓦版屋に売っているのは知っています。神隠しで失った家族を取り戻したい人たちが、あなたの元へ大挙して押し寄せてきては大変でしょうから、詳しくは書きませんでした」

信二郎が配慮の程を示したものの、瓦版を目にした藤尾は、

「まあ、大変。こんな風に書かれては神隠しに遭った者の家族がここへ押しかけてきますよ、どういたしましょう」

困惑気味に案じたが、実際には訪れる者の数は増えなかった。

夢に仲立ちさせるお告げで千世を救い、事件を解決へと導いたのは自分だと主張する祈《き》禱者《とうしゃ》たちが、我も我もと後を絶たなかったからであった。悩める者たちの多くはこうした、贋《にせ》の夢力の持ち主たちの元へと走っている。

成仏できずに墓に眠る霊の供養を大々的に行った榊流《さかき》の巫女《みこ》あさ女《じょ》もその一人であった。相応の身分もあり、お上の聞こえもめでたい榊流総本家の屋敷の前には、あさ女の夢の御利益で、家族を取り戻したい人たちが列をなしているという。

「ようございました」

藤尾はほっと胸を撫《な》で下ろす一方、

「贋の夢力がまかり通るのは如何《いかが》なものかと思います」

物足りなさと憤懣《ふんまん》の入り交じった感情を口にした。

一方、姫は、

——世の中は思いもかけぬ方へと流れていくものなのだわ——

啞然《あぜん》とした心持ちであった。

「わたしも瓦版を読みました。権現様からの命によるあなた様のお役目のことは、浦路様から聞いておりましたので、千世という娘を助けられたのは、あなた様のお力あってのことだとすぐにわかりました。わたしごとき者のことであなた様を煩《わずら》わせてはいけないと思いはいたしましたが、娘と一緒に駆け落ちしたと思い込んでいた相手が、江戸に帰ってきていたのを突き止めると、もう、いても立ってもいられなくなりました」

「その方にはもう会われたのですか？」

「はい。通人《つうじん》に人気が高く、京懐石で知られた名月庵《めいげつあん》の入り婿になっていました。明吉《めいきち》さんと言います。半年前に京から帰ってきたとのことでした。京にある名月庵の親戚筋《しんせきすじ》での修業中に、たまたま、一人娘を連れて訪れた名月庵のご主人に見込まれたというのです」

お玲は、やや傷ついたかのような表情になった。

「娘さん、お佳奈さんとのことは？」

「駆け落ちしようとしていたと言っていました。七年前の霜月十日戌の日、日本橋で明け六ツ（午前六時頃）に待ち合わせていたそうですが、一刻（約二時間）ほど待っても娘が来なかったので、心変わりしたのだと諦《あきら》めて、明吉さんは一人で京へと旅立ったのだとか――」

この一瞬、白昼夢がゆめ姫を襲った。

まだ夜が明けきれていない、薄闇の中にぱっと一輪、鮮やかな山茶花《さざんか》の赤い花が見えたかと思うと、その花姿はお佳奈に変わった。すぐにお佳奈だとわかったのは、お玲によく似た美貌《びぼう》ゆえである。

風呂敷《ふろしき》に包んだ大きな荷物を背負っていた。

――明吉さんは身一つでいいっていうけど、これから寒くなることだし、女はそうもいかないのよね。とはいえ、背中が重いったらない――

呟《つぶや》いたとたん、お佳奈は小石に躓《つまず》いて転んだ。すぐに立ち上がりかけたが、

――わ、どうしよう？　鼻緒が切れちゃった――

鼻緒が切れた方の草履を手にして途方に暮れた。

――約束の時が迫ってることだし、こうなったら仕方ないっ――

お佳奈が裸足《はだし》で歩き始めようとすると、後ろからやってきた駕籠《かご》が止まった。

――どうしたんだい？――

駕籠舁《か》きと思われる若い男の声であった。駕籠舁きにしては華奢《きゃしゃ》な身体つきで、ちまちまと造作が小さく、平らな顔も印象が薄かった。

――鼻緒が切れちゃって――

――かしてみな――

駕籠舁きは手拭《てぬぐ》いを裂いてお佳奈の鼻緒をすげ替えた。

――待ち合わせてる相手がいるんで、やっぱり裸足で歩いていきます――

お佳奈が切り出すと、

――急いでるんだったよな。いいよ、この駕籠で送ってやるから、安心しな――

相手は笑顔を浮かべた。

――ええ、でも、駕籠は贅沢《ぜいたく》ですし――

――心配いらねえよ、どうせ客を乗せて下ろして帰るとこだったんだし、あんたが相手と約束してるっていう日本橋ならちょうど途中だしさ、銭は要らねえ――

駕籠昇きは後棒に顎《あご》をしゃくった。

この時の白昼夢はそこで途切れた。

「お佳奈さんがいなくなったのは七年前の霜月十日戌の日の朝ではありませんか？」

ゆめ姫が念を押すと、

「娘の夢をご覧になったのですね」

お玲は大きく頷いて、お佳奈の姿を追い求めるかのように宙に向けて両目を瞠《みは》った。

ゆめ姫はこの白昼夢の話をした。

「すると、お佳奈はその駕籠昇きたちに連れ去られたきりになったと？」

お玲の声が跳ね上がった。

「駕籠に乗り込むまでは見ていません。けれどもあり得ることです。お佳奈さんはお店《たな》から金子《きんす》を持ち出していましたか？」

「ええ、二十両ほど」

答えたお玲は、

「やはりお佳奈は、娘は持ち出した金目当てに殺されてしまっているのでしょうか？」

悲痛な叫びに近い物言いになった。

「わかりません」

姫は一旦《いったん》は目を伏せたが、

――そうだわ、夢はそのままを見るのではないから――

「明吉さんの様子をお話しください」

――もしかして、駕籠舁きは明吉さんのことかもしれない。もとよりお佳奈さんに対しての愛や真は無く、金子を奪うためだけだったのかも――

ゆめ姫は千世拐かしの一件で、夢に出てきていた悪党の片割れである番頭に、男たちを続けて殺《あや》めた西村屋半右衛門の面影があったことを思い出していた。

「中肉中背のがっしりした身体つきで、京での厳しい板前の修業を経て、渋味も出てきているそこそこの男前でした。今も綺麗に整っている、やや大きめの目鼻立ちにもっと若い頃は華があって、お佳奈も含めて、さぞかし女たちの気を引いたことでしょう」

『好色江戸女』の作者らしく、お玲の観察は秀逸だった。

――だとすると、明吉さんと駕籠舁きの若い男はまるで似ていない――

姫はがっかりするどころか、むしろほっとしていた。

――二人が似ていて明吉さんが下手人だったりしたら、あまりにお佳奈さんが浮かばれない――

「明吉さんはあなた様の夢には出てきていないのですね」

お玲はゆめ姫の顔色から察知した。

――駕籠舁きはとにかく親切な様子だったから、もしかして――

お玲も同様な成り行きを考えていたようで、

「駕籠に乗ったお佳奈が心変わりしたと考えたいです。そして、どこかでその駕籠舁き、あるいは後棒と一緒に暮らしていると——。きっと子もいるでしょうね。そうであっても、お佳奈はこのわたしにその幸せの邪魔などされたくはないでしょう？　いいんです、いいんです、星月堂の跡は遠縁の者に譲ると決めましたし、わたしはお佳奈が生きてさえくれていれば——」

必死の眼差《まなざ》しを向けてきた。

——そういえば、後棒の顔は被《かぶ》った手拭いに隠れていて見えなかった。そっちが明吉さんに似ていたとしたら、お佳奈さんの命はもう——

「そうですね」

姫は複雑な想いで相づちを打った。

五

この夜、ゆめ姫は囚われているお佳奈の夢を見た。

薄暗い土間に、白昼夢で駕籠昇きに呼び止められたあのお佳奈が座っていた。着物はやや乱れてはいたが裾《すそ》は割れていない。

——よかった——

ただし、お佳奈の目はおどおどと怯《おび》えていた。

〝大丈夫よ〟

お佳奈は声がした方に向けて立ち上がって、二、三歩歩くと、

〝痛いっ〟

叫んで屈《かが》み込むように倒れた。

〝そうなのよね〟

この時、お佳奈に声をかけた相手の様子が見えた。

お佳奈とそうは年齢の違わない町娘であった。顔立ちは美しい部類に入るのだろうが、着ている縞《しま》木綿《めん》の着物は帯がほどけて、ほとんど前が開けている。白い肌がちらちらと覗《のぞ》き、鎖につながれている片脚に姫はぎょっとした。

〝あたしたちそうなのよ〟

町娘は悲愴《ひそう》な面持ちでお佳奈に告げた。

よろよろと立ち上がったお佳奈の足もまた鎖に囚われている。

〝あたしの名は蘭《らん》。あんたは？〟

〝佳奈です、あたしたちはいったい――〟

お佳奈は真っ青な顔でお蘭を見つめた。

〝たぶん、あんたも駕籠舁きに掠《さら》われたんだと思う。前のお由《ゆう》って娘《こ》もそうだって言ってたから。お由ちゃんってね、それはそれは綺麗な一膳飯屋《いちぜんめしや》の看板娘だったのよ〟

〝そのお由ちゃん、どうなったんですか？〟

お佳奈は恐る恐る訊《き》いた。

〝あの極悪人の駕籠舁きたちが来るのよね。目的はわかってるでしょ？　駕籠舁きが繰り返しお由ちゃんを弄んでる間、あたしはその様子をずっと見せられてたの。足の鎖を思いきり引っ張って転ばせて馬乗りになり、あの間中、首を絞め続けて苦しめたり――、そんなのが続いて、ある時、お由ちゃんは上に連れていかれたわ。それっきり。お由ちゃんの話じゃ、あたしが掠われて来る前には、呉服問屋の娘でお峰《みね》ちゃんっていう、やっぱりそこそこ綺麗な娘《こ》がいて、お由ちゃんはそのお峰ちゃんのことも見せられてた。ようは同じことが起きてたんだって。お由ちゃん、こうも言ってたわ。『掠われてきたあたしたちは、ここで飼われてる。上に連れられてった娘、お峰ちゃん、帰って来ないで新しいあんたが来た。駕籠舁きたちが飼うのは二人と決めてて、上に連れられてった娘《こ》は、下での無理強いより、もっともっと酷く弄ばれて殺されちゃうんだと思う。帰って来ないお峰ちゃんもそんな風に言ってたから。だから、あんたはまだ大丈夫』――って〟

――大丈夫というのは、まだすぐには殺されないということなのね。でも、いずれ、新しい娘を拐かし連れてきて殺す――

姫は戦慄《せんりつ》を感じた。

〝それで、あなたもさっき、あたしに大丈夫って言ったのね〟

絶望の余り、お佳奈の目から涙が流れ落ちた。

〝あたしの前のお由ちゃん、――何とかして、逃げるから、いずれあんたも助けるから――って、あたしに言ってくれてたんだけどね。お由ちゃんの前のお峰ちゃんもそう言ってたんだって〟

〝でも、みんなそのままになった〟

お佳奈は啜り泣いた。

〝何せ相手は男二人だもの――。どんなにか、酷いことをされるか――。殺すのが愉《たの》しみなら弄ばれるだけじゃなしに、じわじわと痛めつけられて――、奉行所の責め詮議《せんぎ》などよりもよほど辛く酷いのではないかしら？　たとえば匕首《あいくち》の切っ先で数え切れないほど刺されるとか――。そんなことばかり考えてて、あたし、このところ眠れなかったのよ。どうせ殺されるのなら、一思いに殺してくれた方がどんなにいいか――〟

お蘭の声も涙声になった。

――ああ、何って、悲惨で酷《むご》すぎる話なのだろう。若く綺麗な娘だからって、その身にこんなことがあっていいの？――

ゆめ姫まで泣きたくなってやっと目が覚めた。

寝汗が酷かったので、藤尾を呼んで着替えることにした。

「よほどの悪夢だったのでございますね」

着替えを手伝い終えたところで藤尾が言い当てた。

「その通り」

姫は薄暗がりの土間に囚われていたお佳奈ともう一人の話をした。

「そんな――」

藤尾は言葉に詰まりつつも、

「もしや、姫様はその極悪人の駕籠舁きたちの悪行をもご覧になったのでは？」

案じる余りに声を震わせて続けたが、

「いいえ、わらわが見たのはお佳奈さんとお蘭さんだけですよ」

ゆめ姫の言葉を聞いて、

「それはようございました。そんな酷い様子をご覧になったら、姫様のお優しい心はずたずたに引き裂かれて、寝ついておしまいになりかねませんから」

ほっと安堵《あんど》のため息をついた。

姫が文を届けたわけでもないのに、信二郎が訪れたのはこの日の夕刻近くであった。

「藤尾殿からあなたを案じる文をいただきました。何やら、不穏な夢をご覧になったようですね」

信二郎は優れないゆめ姫の顔色に労《いたわ》るような眼差しを投げている。

そこで姫はお玲からの依頼の件を話した。

「それであなたはお玲の一人娘お佳奈を夢で捜し続けているのですね」

「わたくしがというよりも、夢がわたくしに捜させているのです」

ゆめ姫は今までに見た、お佳奈の神隠しに関わる夢について順を追って話した。

「実はそれがしもお玲から調べてほしいと乞《こ》われたのです」

――さすがお玲さん、咄嗟《とっさ》にわらわは惚《とぼ》けたけれど、駕籠舁きのもう一人が明吉さんかもしれないと思っていたのだわ――

「お玲が抱いているのは、料亭名月庵の入り婿明吉についての疑いです。駆け落ちの相手だったお佳奈と落ち合うことになっていた日、お佳奈が来なかったので、どうしたのかを本人に聞き、人を走らせて確かめました。宿帳を調べてもらって、程ヶ谷《ほどがや》宿の旅籠《はたご》まめ屋に泊まったことがわかりました。この時の明吉は修業前で料亭名月庵とも、入り婿話とも無縁ですので、お佳奈を拉致《らち》して酷い目に遭《あ》わす理由などないのです。この事実はすでにお玲に話してあります」

「お玲さんは得心されましたか？」

「不審な駕籠舁きを調べてほしいと言ってきましたが、なにぶん、七年前のことですし、行方《ゆくえ》知れずになった娘の中には武家娘も何人もいて、これは奉行所ではなく御目付のお役目です。とかく武家商家にまたがる事件はさまざまな思惑と配慮が入り乱れて働き、よほどのことがない限り、詮議なしになりがちです。それでこの時も駕籠舁き探しに及ばずになったのです。一度、打ち切られた事件を再び詮議するのはなかなか出来ぬ相談です。お玲は一人娘を案じる余り、前後の見境がなくなっているので、折を見て話すつもりでいます」

信二郎は率直に語った。

「姿を消した娘たちの中に、お蘭、お由、お峰の名はありますか？」

姫は訊かずにはいられなかった。

「お待ちください」

手控帖《てびかえちょう》を出した信二郎は、

「お蘭は見当たりませんが、居なくなっている由衣《ゆい》、峰緒《みねお》という御家人の娘たちがお由、お峰ではないかと」

と告げた。

――たしか夢ではお由さんは一膳飯屋の看板娘で、お峰さんは呉服問屋。お蘭さんには実家の家業は語らせていなかった。夢はそのままではないけれど、お由さん、お峰さんとお蘭さんの違いは報せてくれていたのね。三人のうち、お蘭さんだけが町娘だったのかも――

客間の障子が開き、お玲が怒りとも悲しみとも興奮ともつかない、強い視線をこちらに向けて立ち尽くしていた。

「今日の明け方、わたしの作る菓子ではない、本物の蟷螂《かまきり》の卵の夢を見ました。その卵袋からは蟷螂ではない、黒い虫がうじゃうじゃと出てきていました。子どもの頃、庭で見た蟷螂の卵袋を乗っ取る虫だと思い出しました。蟷螂は子孫を残すために、雄《おす》が営みの後、雌《めす》に我が身を食べさせるという強い親子の絆《きずな》を持ち合わせています。わたしの明け方の夢では、その想いが黒い虫に引き裂かれてしまっているように感じました。やはり、お佳奈の身に何かあったのではないか？　そう思うと、藤尾さんにお二人のお話が済むまで、別の部屋で待つように言われましたが、いてもたってもいられず、引き寄せられるようにこちらへ来て、恥ずかしいことながら、全てのお話を立ち聞いてしまいました」

お玲は表情ほどは物言いを強めず、むしろ淡々と自分の想いを口にした。

信二郎とゆめ姫は知らずと、お玲と目を合わせるのを避けたまま俯《うつむ》いた。

「お願いですっ」

お玲は廊下にひれ伏した。

「お佳奈を捜してくださいっ、あの時の駕籠舁きたちの行方を追ってくださいっ、お願いですっ」

お玲の悲鳴にも似た懇願だった。

しかし、信二郎は、

「それがしの力ではとても――すまない」

顔を上げ、お玲の目を見てきっぱりと告げた。

六

――信二郎様のお立場はわかるけれど、これではお玲さんが可哀想すぎる――

ゆめ姫は帰っていく信二郎の後ろ姿を見つめて思わずため息を洩らした。この時、姫の頭の中に裏庭の松の木が見えた。

――あやつは薄情者ですよ。ま、物書きなどというものはとかくどんな酷い有様でも、冷静に見据えてあれこれと考え、書いて仕事にしてしまうと言われていますからね。物書きの性《さが》なのかもしれませんが――

松の木の幹に浮き出た慶斉の顔が話しかけている。

――まあ、いつのまに――

――あなたのことが案じられて――

――今、どこにおいでなの？　市中？――

――まさか。このところ、側近たちがあれこれとうるさくて外に出してなどくれなくなっているのです。窮屈でなりません。まだ正式な将軍候補になったわけでもないのに、この有様ですから先が思いやられます――

――こうして話していると、子どもの頃からわらわが知っている慶斉様のようですわ――

姫は城内では、慶斉と会うことは叶《かな》わなくなっていた。慶斉が将軍職に就けばおそらく、御台所は京の堂上家の姫君か、御時世で西国から嫁いできた義母の三津姫のように、力のある大名家の娘が選ばれる。

ゆめ姫の父将軍と御三卿《ごさんきょう》でもある慶斉の養父とは、ウマが合う良き将棋《しょうぎ》友達であった。江戸城の庭で仲良く遊んでいるのを見た父将軍が、将来は二人を添わせようと軽口を叩き、慶斉の養父が深々と頷いて礼を返した様子を御側《おそば》の者が書き留めて以来、二人は許婚《いいなずけ》ということになり、正式な婚約の儀が行われていた。

「慶斉様が上様になられて、ゆめ姫様が御台所様、そうなれば、これ以上はない素晴らしい縁組みになるとわたくしは思います。徳川の世ここにあり、大権現様だってきっと大喜びなさるでしょう」

藤尾は息を弾ませて期待しているが、実のところ、徳川の姫の一人が徳川将軍に嫁いだという前例はなかった。徳川と徳川の組み合わせでは世に言われる政略結婚にはならず、徳川側に利などないからである。

――あの時の父上様はわらわを養父様の跡を継いだ御三卿の慶斉様に嫁がせようとしただけだった。まさか、慶斉様に将軍職への道が開けてくるなどとは、夢にも思われなかったはずだわ――

ゆめ姫は長くこの複雑な事態と想いを引きずってきていた。慶斉を将軍職にとの呼び声が掛かってからというもの、会おうとしても二人きりでは会えず、束《つか》の間《ま》顔を合わせる機会があっても、どことなく白々しいのが気掛かりであった。もしや、慶斉の関心は完全に政《まつりごと》に向いてしまっていて、自分のことなど心から離れてしまったのではないかと思ったことさえあった。

あにはからんや慶斉は最初銀杏から始まって、今や松の木にも心を宿すことができて、しきりに姫との謎解《なぞと》きに興じている。一度など歩いていて慶斉に声をかけられ、この世を漂い続け苦悩する浮遊霊たちを成仏させるための謎解きの良き助けにもなった。

――あの時、道に銀杏や松の木はなかったけれど――

――もの凄く緊張して全身全霊で念じると、銀杏や松でない、他の木々にも、心を宿すことができるのだとわかったのです。椚《くぬぎ》の木に宿ったこともあります――

――やはり、木なのですね――

――ええ。気合いをかければ、お玲の娘お佳奈が囚われていた場所の木にも宿ることができると思います。当時の駕籠舁きを捜すなど町方の力を借りられない以上、わたしたちで何とか、真相を突き止めるしかありません。ただし――

――ただし？――

――あなたにもお玲にも酷いことでしょうが、夢の続きを見ていただかないと――、わたしにはその場所ならではの木の手掛かりが要るのです。念入りに木を見てきてください
――

――わかりました――

頷いたゆめ姫はこの夜、

――全てはわたしの夢に掛かっている――

意を決して目を閉じた。

〝いつのまにこんなもん、使いやがって〟

鉄ヤスリを手にして、お蘭に向けた男の顔が怒りで真っ赤に染まっている。

――お佳奈さんを呼び止めた駕籠舁きだわ――

〝ヤスリ職人のおとっつぁんがね、身を守るために持たせてくれてたんだ〟

立っているお蘭の足はすでに鎖に囚われていなかった。

〝黙れっ〟

男はお蘭に飛び掛かって土間に押し倒した。

〝こいつ、思い知れ〟

何度も鉄ヤスリがお蘭の顔めがけて振り下ろされた。

お佳奈は、

〝お蘭さんっ〟

悲鳴に似た案じる声を上げると、

〝おまえも勝手な真似《まね》しやがると、こうなるんだぞ。こいつはもう顔じゃあねえ、肉の塊よ〟

鉄ヤスリを使う男の息が上がった。

〝こいつめ、こいつめ、こいつめ〟

〝お蘭さん、ごめんなさい〟

お佳奈は低く呟いて二人に背を向けたまま丸くなってぶるぶると震えている。

〝いい女もよお、一皮剝《む》けばみーんな肉よ、どんな女も変わりはねえのさ。さてっと、こいつはまだ死んじゃあいねえ。お楽しみはまだまだある〟

男は気を失っている様子のお蘭を抱いて上へと続く階段へと歩いていく。

――ああ、何ということ――

ゆめ姫に赤むけで血を滲《にじ》ませているお蘭の顔がちらりと見えた。

お佳奈は一人になった。

〝お蘭さん、――いいのよ、いいの、わたしはもう殺されてもいい。でも、あんただけは絶対助かるのよ、いい？――って言ってた〟

独り言を呟いたお佳奈が立ち上がった。先ほどのお蘭同様、足枷《あしかせ》の鎖が切れている。

お佳奈は男がお蘭を連れ去った階段へと歩いた。

〝ああ〟

お佳奈は思わず喜びのため息を洩らした。階段を上りきった上の石戸が開かれて、外の光が入ってきていたからであった。

――でも、どうして？　お蘭さんが鎖を切ったなら、お佳奈さんだって、そうしてたかもしれないと思うはずなのに――

姫は極悪人らしくない間抜けさが気にかかった。

お佳奈は足早に上っていく。石戸を抜けた。

――あらっ？――

そこはそう広くもない、鍋《なべ》や釜《かま》が並ぶ厨《くりや》だった。醬油《しょうゆ》や味噌《みそ》を入れた瓶《かめ》や米櫃《こめびつ》が見えている。水瓶にはたっぷりと水が満たされていた。

お佳奈が何より驚いたのは、竈《かまど》に釜が掛けられていたことだった。

〝ここは？〟

お佳奈が声に出した時、

〝こういうわけなのよね〟

七輪に屈み込んで魚を焼いていた姉さん被りが顔を上げると、笑いながら手拭いを取った。

——その被っている豆絞りの手拭い、前に見た覚えがある。姉さん被りではなくて、顔を隠すようだったけれど——。そうだ、あの時の駕籠舁きの後棒——

ゆめ姫は夢の中であっと声を上げそうになった。

〝お蘭さんっ、大丈夫？〟

お佳奈は真っ赤なお蘭の顔を凝視した。

〝大丈夫よ〟

お蘭は笑い続けている。

——傷なんてない。赤い顔は赤の染め粉を塗りつけているだけだわ——

〝でも、あの時階下で——〟

顔色を変えたお佳奈は知らずと後ずさりしていた。

〝まだ、わからないの？　これは遊びよ、遊び。あんたのその顔、今まで見てきた中でも最高。そういう、恐がりの極みの顔ってね、あたしたちにとっちゃ、何よりのご馳走《ちそう》なのよね。この意味わかる？〟

お蘭はこれ以上はないと思われる凄みのある目になった。

お佳奈の目は厨の勝手口に注がれている。

〝あんたの考えてることはわかるけどね、あたしたちはもっとご馳走が食べたいのよね〟

お佳奈は勝手口へと走り、お蘭は後を追った。お佳奈が一歩早く外へと抜けた。勝手口の前にはあの駕籠舁きがいた。

〝あんた、早くつかまえなさいよ〟

お蘭は金切り声を上げた。

〝もう、このくらいでよさないか。俺はもう、女の顔や身体をヤスリで削《けず》るのは辟易《へきえき》してるんだ。どんなに銭金を積まれても、これ以上はやりたくない〟

男は低く呟いたが、

〝馬鹿、何言ってんのよ〟

眉《まゆ》を吊《つ》り上げたお蘭はまさに真っ赤な悪鬼そのものだった。

〝嫌だ〟

男は一歩もその場を動かなかった。

〝待ちなさいよぉう〟

叫びつつ、お蘭は懸命に走ってお佳奈に追いつきかけた。

〝逃がすもんかぁ〟

お蘭の手には厨から持ち出した出刃包丁が握られている。それを大きくかざしつつ、お蘭はお佳奈の背中に向けて突進した。お佳奈は悲鳴を上げる暇もなく、背中にお蘭をしがみつかせたまま地に倒れた。出刃包丁を相手の背中から引き抜いたお蘭は、返り血で顔を赤く染めながら、

〝ああ、まあ、これも悪くはないわね、いい気持ちよ〟

ふうと満足げなため息をついた。

七

「死なないで、お佳奈さん――」

あらん限りの大声で叫んでゆめ姫は目を覚ました。

「酷すぎる」

呟くと姫の声を聞きつけて駆け付けてきた藤尾がそばに控えていた。

「引き続き悪い夢をご覧になったのですね。まずはこれをお飲みになってください」

藤尾は湯呑《ゆの》みの冷たい水を勧めた。

「ありがとう」

姫は一気に湯呑みの水を飲み干した。部屋の中に檜《ひのき》の香りが満ちていることに気がつく。

――藤尾が檜の香を焚《た》いてくれたのかしら？――

見回したが香炉はどこにも見当たらなかった。

「ここ、檜の香りがしない？」

藤尾に訊くと、

「いいえ」

相手は首を横にして、

「姫様、朝餉《あさげ》はどうなさいます？　ここのところ食が細くおなりです。とにかく、何か召し上がらないと、お身体に障ります。この間、お気に召した梅醤《うめびしお》をまた拵えましょうか？」

神妙な顔で諭す口調になった。

「ごめんなさい、今はどんなものも口にしたくない気分で。このまましばらく臥《ふ》せっていることにするわ」

姫が呟くと、

「かしこまりました」

藤尾は部屋から下がった。

姫は枕《まくら》に頭をつけたまま、ほんの束の間まどろんだ。

お蘭とあの男が深さのある、緑色に濁った沼を前にして立っている。男は斧《おの》を手にしつつ、着物の柄からそれとわかるお佳奈を背負っていた。その背中は血にまみれている。

男が骸になったお佳奈を草地に横たえた。

顔は血の気がまるでなく青黒く変わりかけている。すでにお佳奈は死者だった。

〝早くしてよ〟

お蘭が命じて、手にしていた鎖を渡した。

男は無言で頷くと、近くにあった低木を伐《き》り倒した。お佳奈の骸を伐った木に鎖で縛りつけて固定する。

〝早くしてよ〟

また、お蘭が急《せ》かした。

〝見た目に似ず力自慢で、元は漁師で海の底まで潜《もぐ》れるってことであんたと組んだのよ、忘れないで。捕まりゃ、あたしだけじゃなしにあんたも打ち首獄門なんだよ、わかってる？〟

男はまた黙ったまま頷くと、木の重みの加わったお佳奈の骸と一緒にざぶりと沼の中へと飛び込んで姿を消した。

〝骸を縛りつけてある木を沼の底に打ちこんどきさえすれば、川に投げ込むとよくありがちな、化け物みたいに膨れ上がった汚い骸が、浮かび上がってくるなんてこともないから何よりなのよね。騒ぎになると、場合によっては、どんなことからこっちへ火の粉が飛んでくるかわかんないし、骸は徹底的に隠す、これが一番〟

聞いている方が吐き気がしてきそうな、お蘭の独り言が聞こえた。

しばらくして戻ってきた男は、

〝あんたといい事するのは楽しかったけど、もういい加減勘弁してくれ〟

くるりとお蘭に背を向けて歩き出した。

そこでゆめ姫はまどろみから覚めた。

――お佳奈さんはあのまま殺されてしまったのだわ――

胸が張り裂けそうな絶望感が襲ってきた。一方、部屋内には檜の香りはまだ強く漂っている。

すぐにゆめ姫は縁側へと続く障子を開けた。縁側に立って庭を眺めたが檜の木は植えられていない。

——ここですよ、ここ——

振り返ると柱に慶斉の微笑んでいる顔があった。

——まあ、こんなところまで——

ゆめ姫が驚くと、

——ここの家の柱は全て檜ですから——

慶斉はさらりと応えた。

——檜にも心を宿すことができるようにおなりなのですね——

——ええ、まあ、そんなところです。あなたが夢に見た地下のある家もそうでしたよ——

——でも、檜の香りはしなかったわ——

——気がつかなかっただけです。常のあなたならわかったはずです。きっとあなたの見た夢が凄惨《せいさん》すぎたのでしょう——

——もしやあなたはお佳奈さんが囚われていた家がどこだったか、わかるのでは？——

——まあ、そんなところです。念じれば何とかなりそうです。道案内しましょうか？——

——そうですね——

姫が曖昧《あいまい》に応えたのは、お佳奈の身に何が起きたのかを知った時のお玲の悲しみと落胆を想像してのことであった。

――生きて会えるわけではない――

するとそこへ、

「星月堂のお玲さんが見えました。姫様のご気分が優れないと言って、帰っていただきましょうか？」

藤尾が告げに来た。

「いいえ、お会いします」

ゆめ姫はお玲を客間に待たせて着替え、向かい合った。

「どうしても、あなた様の夢の続きが気になってならないのです。ついつい、悪いように先を考えてしまって――」

不眠が祟《たた》ってげっそりと窶《やつ》れた様子のお玲は、目ばかりぎらぎらと熱を帯びたように見えた。

「お佳奈さんの夢を見ました」

ゆめ姫は決心して、夢での出来事を口にした。

事情のおおかたを知っている藤尾は姫のそばに控えた。

――大人しく見えて実は激しい気性のお玲さんが、一時我を失い、姫様に飛び掛かりでもしたら困る――

ところが、意外にも、

「やはり」

顔色一つ変えずお玲はしごく冷静だった。

「娘は、お佳奈はもう生きていない、そんな気がしていました」

「残念です」

姫は目を伏せた。

「お頼みがございます」

お玲は頭を垂れた。

「わたくしでお役に立つことであれば――」

顔を上げたお玲は、

「深い沼に沈んでいるお佳奈の屍《しかばね》を引き上げて、充分な供養をしてやりたいのです」

臆《おく》する様子もなく、ゆめ姫を強い目で見据えた。

「それには、まず骸が眠る沼のある場所を知らねばなりません。何に対しても、見る目が確かなあなた様ならすでに見当がおつきでしょう？」

言い切ったお玲に、

――困ったわ、わらわはお城以外の場所にくわしくない――

ゆめ姫が困惑していると、

「口を挟ませていただきます。ゆめ先生が夢でご覧になった沼は佃島《つくだじま》のつくだ沼ではないかと思います。埋め立てられる前は、江戸近郊で一番深い沼だと言われていました。今はもう、姿も形もなかろうかと――」

藤尾が助け舟を出した。

「つくだ沼が埋め立てられたことは知っています。けれども、深い沼は他にまだあるはずです。その全てを調べてみなければ、供養を諦めることなどできはしません。お腹を痛めて生んだたった一人の娘なのですから」

お玲の目はますます熱気を帯びてきて、

――極悪人たちはお佳奈さん以外にも、何人もの娘さんたちを酷い目に遭わせて殺し、夢で見た沼に棄《す》てていたのだから、今でもお佳奈さんたちの囚われていたその場所が残っていれば、そこに何らかの手掛かりを遺しているかもしれない。骸を棄てた沼がどこか見つかりさえすれば、他の娘さんたちの供養にもなる――

決心した姫は、

「囚われていた家ならわかります。そこで沼の場所の手掛かりを摑《つか》めるかもしれません」

お佳奈を含む娘たちが囚われていた、地下のある家について仄《ほの》めかした。

「ならば是非とも、そこへわたしをお連れください、お願いです」

「わかりました」

こうしてゆめ姫はお玲と、どうしても付いてくるという藤尾と共にそこへと急いだ。もちろん、風に乗って、檜の香りと一緒に聞こえてくる慶斉の囁《ささや》きに導かれている。

──つくだ沼さえ知らなかった姫様がよく夢でその場所がわかったものだわ──

藤尾は不審に感じていたが口には出さなかった。

三人は佃島にある雑穀屋粟屋《あわや》の前に辿《たど》り着いた。

「あら、まあ、ここでしたら、もっと近道がございましたものを」

思わず呟いた藤尾に、

「ただ夢でみた通りを歩いただけです」

姫はしらっと応えたものの、粟屋の中から流れ出てくる強烈な檜の香にくらくらと眩暈《めまい》さえしてきた。もっとも、他の二人はその匂いを少しも感じてはいない様子であった。

──実は目的の場所は倒れそうになるほど、檜の匂いが香るようにと念じたわたしまで目が回りそうです。遠回りになったのは家に使われている檜や檜の木に宿りながら進まないと、目的の場所に辿り着けないからですよ。それにしてもあなたは咄嗟の躱《かわ》しが上手《うま》いなあ──

慶斉は無邪気に感心し、

──まさか、慶斉様にこのようなお力がおありだなんて、今のあなたのお立場を思うと、たとえ相手が藤尾でも口に出せません──

ゆめ姫は苦い想いになった。

八

雑穀屋は米に麦や粟、稗《ひえ》を混ぜて凌《しの》ぐ窮した者たちが多く通う店ではあるが、大豆、小豆、白隠元豆等の乾燥させた豆類、鰹節や干し魚、卵等の品揃《しなぞろ》えもあった。

――ここが夢に見たあの場所？　厨？――

ゆめ姫は思わず違和感を覚えて周囲を見廻《みまわ》した。座敷から張りだした帳場の板敷きに痩せぎすの女主がどっかりと座り、続く店先では小僧が均等に風が当たるよう、重なっている鰹節の上下を返している。厨ではあり得ない。

「ここでの商いはいつ頃からなさっておいでです？」

お玲は小豆と白隠元豆をもとめた後さりげなく訊いた。

女主は皺《しわ》深い顔に愛想笑いを浮かべながら、

「そうですね。そこそこやってきました。孤児《みなしご》で器量がいいわけでもありませんでしたから、一人で生きて行こうと決めて、若い時から乾物の行商をしていてひたすらお金を溜《た》めました。なけなしのお金を叩《はた》いても、こんな古い空家しか買えなくて。でも、雑穀が主の乾物売りなんて小商いですし、もう店賃を払わずとも済む、あたしだけのお城ですよ」

謙遜《けんそん》混じりのざっくばらんな物言いをした。

ここに檜の香はしていない。

――店の前に立った時はあれほど強く香ったというのに――

すると、

――ここです、ここです――

座敷の奥から慶斉の声が聞こえてきた。

――檜の香がしているのは店先ではありません――

そこで、

「買われた空家のどこかを直されましたか？　そうそれを一本くださいな」

小僧の方を向いたゆめ姫は鰹節を受け取ると、付いていた値札通りの銭と一緒に女主に差し出した。

「ありがとうございます。うちのは値札がついてるんで、買いやすい、それに鰹節や卵なぞは品がよくて安い、商いが正直だって皆さんにおっしゃっていただいてるんです」

女主は頭を下げつつ、丁寧に鰹節を紙で包んで渡してくれた後、

「直したのはここ。この空家が気に入ったのは厨の柱まで檜で出来てるってことでした。けれど、売り物の乾物を並べるための店先や、あたしが座る帳場を建て増しするために高い檜は使えませんでした。ここは安普請《やすぶしん》です」

残念そうにため息をついた。

「前に住んでいた人を知っていますか？」

藤尾が切り出した。

「まあ、建って三十年以上の古い建物なんですもん、誰かは住んでたことでしょうね。で

も、あたしは空家で買いました。前のことは何も知りません。嫌ですよ、お上でもないのに要らぬ詮索《せんさく》は」

女主は笑みを消した。

「あら、今時の旬だわ」

藤尾は収穫されて間もない蕎麦《そば》の実の詰まった袋を手にした。

「ああ、それね。蕎麦飯にして食べてくださいな。新蕎麦の実で作る蕎麦飯は、風味が立って格別ですから」

女主の顔に笑みが戻った。

米と剝いた蕎麦の実を合わせて炊き、吸い物加減より濃いめの出汁をかけ、さらし葱《ねぎ》を薬味に載せると蕎麦飯が出来上がる。

「是非、この新蕎麦の実で蕎麦飯を拵えて供物にします。子どもの頃、火事で離れ離れになったおとっつぁんは蕎麦飯が好物だったんで──。ほんとをいうとね。そのおとっつぁん、行き倒れで死んで見つかったの。近所の人たちの話じゃ、前はここに住んでたらしいんですよ、だから――」

藤尾は片袖《かたそで》を目に当てた。

――藤尾はなかなかの役者だわ――

――素晴らしい――

ゆめ姫とお玲が目と目を見合わせていると、

「そんな事情があるんなら、もっと早くに言ってくれればいいものを。さあさ、中へ入ってくださいな。あたしが見たところじゃ、ここに人の住んでた様子なんてなかったけど、実の娘さんが探せば、想いが通じて、何やら形見の一つぐらい、出てくるかもしれません。そうなりゃ、死んだ人も本望でしょ。あたしね、そういうの信じてるんですよ。おとっつぁん、おっかさんといつか極楽で会えるって信じてなきゃ、生きてこれやしませんでしたもん――。案内しますから存分に見てってください」

女主の顔は澎湃《ほうはい》と湧《わ》き上がった涙で濡《ぬ》れた。

おかげで三人は店から奥に入ることができた。幾つかの部屋を見せられて厨まで来た。

――まさにあの夢に出てきた厨だわ――

姫は目を凝らして、鬼畜にも劣る、残虐《ざんぎゃく》な行いが続けられた証の血の染みを探した。しかし、血が染みたり、飛び散ったりした痕《あと》はどこにも見当たらなかった。

「下働きの子は通いです。あたし一人なんで煮炊きに使う道具はここにあったのを使ってます」

女主の言葉に、

「出刃包丁もですか？」

ゆめ姫は息を詰めた。

「ええ、たいして錆《さ》びてなくて助かりました」

相手は使っている出刃包丁を見せてくれた。柄に黒ずみは無かった。

「ヤスリはありませんでしたか？」

さらに訊いたが、

「ヤスリ？　いったい何に使うヤスリ？　厨にあるわけないでしょ、どうしてそんなこと？」

女主は不審げな表情になった。

ただし檜の香は眩暈に襲われるほど強烈だった。

──あああ、たまらん──

慶斉の悲鳴が聞こえた。

一人、姫たちから離れて土間にあるはずの石戸を探していた藤尾が、

「あら、まあ、これ、いったい何でしょうか？」

とうとう目的を達して急に立ち止まった。

「それなら蔵代わりに使っている地下の石室《いしむろ》へ続いているのよ」

女主が告げた。

「ここも前からあったんですよね」

ゆめ姫はさりげなく訊いた。

「そうよ。ここを買いたいって思ったのは、その石室があったことも──」

「前はどんなでしたか？」

急いたお玲が促した。

「何も無かったですよ。薄暗くてひんやりしてるただの石室――」

この時、姫はよほど切れた鎖は無かったか、折檻《せっかん》で痛めつけられていた時抜けた女の長い毛は無かったか、矢継ぎ早に訊きたかったが、

――おそらく、厨同様、極悪人たちは証を無くすべく、徹底して、石室を拭《ふ》き清めたに違いないわ。だとしたら、この女はわらわたちをおかしいと思うわ。そう思われてしまえば、金輪際《こんりんざい》石室の中を見せてはいただけなくなる――

女主の不審を恐れて口には出さなかった。

「さぞかし石室は、乾物を貯えておくのに便利なのでしょうね」

それに気づいたお玲は話を戻した。

「そうそう、実はね、乾物って日持ちがいいように思われてるかもしれないけど、傷みかけてるものと傷んでるもの、全然、傷みのないものじゃ、天と地とほど味が違うんですよ。あたしは時期に関わりなく、常に傷みのないものを売りたかったんで、ここの石室はお誂《あつら》え向きと惚《ほ》れ込んだのよ」

「それ商人《あきんど》の鑑《かがみ》ですよ」

藤尾が褒め千切って、

「あたし、おとっつぁん、下の石室で暮らしてたかもしれないって思えてきました。思い出したんです。おとっつぁん、押し入れとか納戸とか、軒下とか大好きで、子どものあたしを抱いて一緒に入ってましたもん。そのせいであたしもそういう狭いとこ大好き。是非

入らせてくださいよぉ、お願いします」

女主の泣き所を突いた。

「わかった、わかった。どうぞ、入ってちょうだい。ただあたしは結構。あんたやおとっつぁんと違ってあたし、狭いとこ苦手なのよ。あんた方はどうする？　うちの小僧だって、魔物が出てきて閉じ込められでもしたらどうしよう、怖い、怖いってこぼしながら、嫌々、乾物の出し入れで入ってんのよ。あんたたちまで狭いとこが好きだなんてことないわよね」

女主は藤尾に入るのを許しつつ二人を見据えた。

「お藤《ふじ》ちゃんとは仲良しなんです。だからいつも一緒じゃないと」

ゆめ姫がまず取り繕い、

「わたしは年嵩《としかさ》ですけど、三味線のお稽古で一緒のお藤ちゃん、年の離れた妹みたいに思えてて、お父様の供養にもとことんつきあうつもりでいます」

お玲も巧みに躱した。

こうして、石戸は開けられ、三人は藤尾を先頭に石室へと続く階段を下りた。

中は乾物が詰まった木箱でびっしりと埋まっている。ひんやりとしていて保存には向いているのだろうが、気が澱んでいるせいか、独特の湿気がある。

「ほんとはわたし、こういうの苦手」

藤尾がそっと本音を洩らした。

九

——ああ、またしても酷い——

ゆめ姫には慶斉の呟きが聞こえる。ここも檜がたいそう強く匂う。

三人は手分けして木箱を動かしながら、石室に証となるものを探したが、結局何一つ見つからなかった。

すっかり意気消沈して階段を上り、女主にその旨を伝え、挨拶《あいさつ》をして辞そうとすると、

「これ、持ってってくださいな。あたしからあんたのおとっつぁんへのせめてもの御供養だと思って」

相手は新蕎麦の実が入った袋を藤尾に差し出した。

辻褄《つじつま》合わせの方便を忘れていた藤尾は、あっと叫びそうになったが、

「ありがとうございます」

深々と頭を下げながら受け取った。

三人は粟屋を辞して、歩き始めたが言葉を交わさないまま、中ノ橋を渡ったところで、

「ありがとうございました」

お玲が礼を言った。

「ええ、でも——」

ゆめ姫は言葉に詰まった。
――お佳奈さんが殺された証が無かったことを詫《わ》びるのはおかしい――
「これで気持ちが落ち着きました。よかったと思っています」
そう告げてお玲は姫たちが進む辻《つじ》を左に曲がって行った。
――お佳奈さんたちが囚われていたのは本当に粟屋だったのかしら？――
思わずゆめ姫が不審を洩らすと、
――間違いない。わたしを疑うなんて酷いですよ――
慶斉は不機嫌そうに呟いたきり、話しかけてこなくなった。

それから半月ほどが過ぎた。
ゆめ姫はお佳奈や娘たちが囚われていた粟屋と思われる家の夢を見なくなっている。
――どういうことなのだろう――
時折、思い出しては不可解に感じていた。
――これはわらわの夢力が減じてきているのでは？――
不安と自責の念にも駆られた。
そんなある日、用足しから帰ってきた藤尾が、
「酷すぎますよ、これじゃ、あんまり」
眉を吊り上げた怒りの表情で、手にしていた瓦版で箪笥の上をぱんぱんと叩いた。

藤尾を憤怒の塊《かたまり》にさせたその瓦版には以下のように書かれていた。

女の闘い　榊流祈禱師《きとうし》あさ女、夢治療処に物申す

榊流祈禱師あさ女といえば、従来、奉行所の聞こえがめでたい、当世随一の女祈禱師である。昨今では、河原でのあまたの浮遊霊を供養した祈禱が伝えられている。そんなあさ女が岡崎町《おかざきちょう》の玉圓寺《ぎょくえんじ》北にある夢治療処で行われている、〝ゆめ〟なる女による夢見を一撃している。

あさ女によると、

〝ゆめ〟なる女を知ったのは、わたくしが件《くだん》の河原にて成仏できない無数の浮遊霊たちを無事、あの世に誘おうとしていた時のことでした。通りかかったと偽って、白昼夢による夢祈禱をやって見せたのです。まさにわたくしへの対抗であり、売名ですが、〝ゆめ〟を有り難がる者たちも出てきました。それでその後、夢治療処へ足を向ける人たちも出てきていましたが、わたくしはまやかしと見破っていただけに、〝ゆめ〟の夢の毒牙にかかる人たちを気の毒に思っていました。とはいえ、いずれ間違いに気づくものと捨てておいたのです。

ゆめ姫への痛烈な批判から始まっていた。

「あの時、霊たちの苦しむ姿も見えず、効き目のない祈禱を続けていたのはあさ女の方でしょう？　姫様がいたからこそ、突然、空が晴れて虹《にじ》がかかったのだと信二郎様がおっしゃっていました。あの場に居合わせていた誰の目にもはっきりわかったはずだって——。奉行殿はどうして、まだあさ女を重用しているんでしょう？　いっそ、上様に申し上げて——」

つい洩らした藤尾の言葉を、

「それはいけません」

姫は澄んだ声で鋭く遮った。

「こんなことで父上様のお心を煩わせたくはありません。この大切なお役目も続けられなくなるし——」

「そうでした。早く大奥へ戻るようにとせっついている浦路様の思う壺《つぼ》になります。わたくしとしたことが——」

藤尾はしょんぼりと項垂れ、ゆめ姫は先を読み進んだ。

そんなわたくしが、〝ゆめ〟や夢治療処を捨て置けなくなったのは、権現様の頃から続く老舗《しにせ》の菓子屋の女主に、名前はお絹《きぬ》さんとしておきましょう、相談を受けてのことでした。何とお絹さんは根も葉もない〝ゆめ〟の夢に踊らされていたのです。お絹さんは七年前に神隠しにあった一人娘が、駕籠舁きを装った何者かに連れ去られて無残に殺されたという夢を信じ込まされていました。

ところが、囚われていたという商家には何の証も見つからず、〝ゆめ〟の夢は信じるに価しないものだとわかりました。わたくしはこのやり方に、〝ゆめ〟の謀略《ぼうりゃく》を感じます。殺されているとまことしやかに伝えられれば、誰でも何らかの供養がしたくなるはずです。お絹さんがそう言い出すとわかっていて、〝ゆめ〟は証をもとめるふりをしました。夢の中で娘が囚われていたという、その場所へお絹さんを誘ったのです。おもとより、全ては出鱈目《でたらめ》尽くしですので、そんな証は出てくるはずもないのです。お絹さんはほっとしたと言っていました。証が見つからなければ殺されていないと思うことができますから。そんな人の心の襞《ひだ》で商いをしている〝ゆめ〟は、きっとこれで一丁上がりだとほくそえんだことでしょう。酷い商いです。断じて許せません。

そして、死んでいないかもしれないと望みを抱いたお絹さんは、わたくしのところを訪れました。果たして娘が本当に生きているのかどうか、口寄せで見極めてほしいというのです。

わたくしにお絹さんの娘さんの霊は乗り移っては来ませんでした。もとよりわたくしの口寄せは死者の魂を呼ぶためのものです。お絹さんの娘さんは生きておいでです。そして、この一件での救いは唯一、この事実だけだったように思います。

それに、わたくしは証があるとされていた商家を訪ねてみました。するとそこの女主は、お絹さんともう二人の女たち、おそらく〝ゆめ〟とその女弟子が来たことを告げて、わたくしがことの真相を話すと、『そりゃあ、質《たち》が悪いね。こちらはすっかり芝居の駒《こま》にされてしまってたわけね。おとっつぁんの住んでたとこを見たいなんて言われて、すっかりこっちはその気になっちゃって、馬鹿を見たわ。供養にって持たせた新蕎麦の実、返してほしい気分だね』とたいそうな憤慨ぶりでした。

〝ゆめ〟よ、己の悪行を省みよ。

「ここまで書かれたせいなのね、昨日、今日とどなたも相談においでではないのは――」

ゆめ姫はふうと失意のため息をついた。

「お玲さんもお玲さんですよ、何もあんな女のところまで出向かなくてもいいものを。そもそもわたくしはお玲さんって女《ひと》、好きじゃありません。拵える上生菓子は美味しいですけど、骨董《こっとう》の品みたいに自慢げな蘊蓄《うんちく》があるでしょ、あれ、鼻につきますよ。お菓子は見た目が綺麗で甘くて美味しければそれでいいんです。侘びやさびなんて――」

糞食《くそく》らえと続けかけて、藤尾はその言葉を呑み込んだ。

「お玲さんの身にもなってごらんなさい。証がなければ娘は殺されたのではない、殺されたなんて言っている者は信じられないって、きっと思うはず。母心ってそういうものではない？」

姫はやや沈んだ穏やかな口調で藤尾を諭した。

この夜、ゆめ姫はあさ女の夢を見た。

あさ女と粟屋の女主が、座敷で向かい合っているところだった。訊きたい話は終わったのだろう、あさ女は早く帰りたい様子でそわそわと落ち着かなく、女主は、

〝今、とっておきの新蕎麦粉を使ったそばがきを拵えさせています。うちの小僧ときたら、出が信濃《しなの》のせいか、これだけは上手なんですよ。どうか、召し上がっていってください〟

満面の笑みで相手を引き留めようとしていた。

〝初めにお約束した通り、おいでになる方々にここの蕎麦粉や蕎麦の実をお薦めいたします。ですので、もう――〟

あさ女は精一杯の愛想笑いを装ってはいるものの、腰が上がりかけている。

そこへ額に脂汗を滲ませた小僧が、膳《ぜん》にそばがきの入った椀と箸を載せて入ってきた。

女主の立て板に水のような蕎麦粉とそばがきの講釈が始まった。

〝この小僧のそばがきは椀作り。椀にとった蕎麦粉にあつあつのお湯を加えて、とにかく、必死に混ぜて煉るんですよ。たいていは小鍋に蕎麦粉と水を入れて火にかけ、煉り混ぜて拵えるでしょ。小鍋作りの方は艶《つや》があってふわふわに出来るけど、長く火にかけるんで風味が落ちてるんですよね。黄粉《きなこ》や黒蜜《くろみつ》をかけて食べるお八つならあれでもいいんですけど、粟屋《うち》のは違うんです。しこっ、もちっとした舌触りで、気を配ってるのは風味、酒の肴《さかな》にしてもいいぐらいのえも言われぬ、蕎麦ってこんなにいい味だったかって、気づかされるほど、群を抜いた風味なんですよ。どうして、こんなに質のいい蕎麦粉が手に入るかって？　粟屋じゃあね、あの大店《おおだな》の乾物問屋信濃屋さんが上様や御大名に献上するのと同じ

蕎麦粉を、こっそり分けてもらってるんです。ですから、あさ女様のお知り合いのやんごとなきお方たちにも安心して薦めてくださいな。どうして粟屋みたいなのが、そんなお品を分けて貰えるのかって？　それがたいした理由《わけ》じゃないんです。言ってくれるなってことでしたけど、まあ、大旦那様も去年亡くなったし、隠すようなことでもないから、教えますけど、もとはこの店、信濃屋さんのものだったんです。その時大旦那様がわざわざあたしを呼んで、買い手になってくれた御礼に、好きなだけ蕎麦粉や蕎麦の実を仕入れていいって——、ただそれだけ。まあ、お年齢《とし》でいい加減惚けてたのかもしれないんですけどね〟

その先も続く様子だったが、ここで姫の夢は途切れて目が覚めた。

十

——あの店の小僧さんが、蕎麦粉の入った椀に湯を注いで煉り上げて作るそばがきは、黄粉や黒蜜の甘味でいただくのとはまた別に、とても美味しそうだったけれど、その話とお佳奈さんたちの行方は関わりがあるとは思えない。なのに、なにゆえ、こんな夢を見たのかしら？——

ゆめ姫は不可解な想いで、まずは着替えようと衣桁の着物に手を伸ばした。

——これは粟屋さんへ行く時に着ていたものだわ——

姫が片袖を通しかけた時、一瞬、奇妙な違和感に囚われた。

――これはいったい――

その刹那《せつな》、姫の頭の中をある場面と人が遮った。丸い形の底から三本の細い柱が伸びて、底と同形の丸い蓋を支えている。蓋には何本かの太い紐《ひも》が等間隔の放射状に絡《から》まっていて、中ほどの結び目は天井から下がる太い針金へと続いている。

首筋の細い若い女の後ろ姿がちらと見えて消えた。

――あの太い紐、もしかして――

気掛かりでならなくなり、ふと広げた着物の両袖の内側の角を探った。

藍《あい》色の糸くずが左袖から出てきた。

――さっきの太い紐も藍色だった――

「藤尾、藤尾」

姫は藤尾を呼んで、その頭を掠めた光景と手にしている糸くずを見せた。

「この着物を清めて畳んでくれた時、これと同じものがどこかに付いてはいなかった？」

「申しわけございません。その着物の袖の角は確かめるのを忘れました」

藤尾はまずは詫びて、

「姫様がご覧になったのはたぶん、紐の糸組みをしているところだと思います。でも、どうして、着物の裾や表に何も付いていなかったというのに、そんなところに隠れてたんでしょうね」

首を傾げた。

でしょうけど――」

――あの後ろ姿は誰？　お佳奈さん？　それとも――。これは何か意味のあることなの

皆目意味に見当がつかず、ゆめ姫はこの朝も朝餉を摂《と》る気がせずに、

「少しは召し上がっていただかないと、おそばにいるわたくしが浦路様にきついお叱《しか》りを受けます」

藤尾の懇願でやっとやっと粥《かゆ》と梅醬の昼餉を摂り終えたところに、信二郎が久々に訪れた。

「瓦版を読まれたのでしょう？」

姫の挨拶代わりの言葉に、

「読みましたが、あんな与太話は笑止千万ですよ。人の噂は七十五日と言いますが、そこまで待たずともすぐに消えて無くなります」

笑い飛ばした信二郎は、

「あなたがお玲の願いを退けられず、深みに嵌《は》まるかもしれないと思うと、やはり放《ほう》ってはおけず、それがしなりに調べてみました。お玲が知りたがっていた、娘お佳奈を連れ去った駕籠舁きの行方をです。市中の駕籠屋は大手四軒で六割方を占めていて、頭《かしら》はこの四軒の回り持ちです。幸いにも、寄席での御贔屓筋《ごひいきすじ》に頭と親交のある者がいて、七年前の駕籠舁きたちの名やどこの出か等が載っている、市中にある全ての駕籠屋の帳面を見せてもらうことができました。お佳奈が神隠しに遭ってから、一月も経たずにやはりまた若い娘

がいなくなり、ちょうどその日、下槙町《しもまきちょう》近くで丑《うし》三つ時（午前二時）頃に走っている駕籠を見た者がいたのです。着ていた法被《はっぴ》の絵柄から、駕籠屋がわかりました。十人ほどを使っている杉屋《すぎや》でした。杉屋に訊きに行くと、そういえばと主はその頃突然辞めた栄三《えいぞう》という男のことを思い出したのです」

「どんな様子の方です？」

「どちらかというと小柄で顔も身体も黒く、ぱっとしない見栄えのようでしたが、器用な上に意外にも力があり、感心して褒めると、『こう見えても祖父《じい》さんの代から佃島の漁師なんだ』と答えたそうです」

――夢の男に間違いないわ――

「その男は今どうして？」

「漁師というのは板子一枚下は地獄と言われている、凄みのある稼業でしょう？　中には兄貴と呼んで憧れる年下の奴もいて、辞めた栄三をまだ追いかけてる奴がいてくれました。そいつの話によれば栄三は今、源善寺《げんぜんじ》で寺男を務めています。文を出しても、会いに行っても会ってはくれないそうです」

「お会いになった？」

「もちろん。品川《しながわ》の先の源善寺を見張って栄三が外へ用足しに行くのを待ちました。それがしが与力だとわかっても顔色一つ変えませんでしたが、何回もこれが続いて、こちらが悪行について知っている事実を並べ立てると、急にその場に崩れ落ち、『昔の悪行を悔い改め、手にかけた女たちを供養するために寺で働いている』と言って涙を流しました。それがしは本当の悔い改めは、お上の御白州《おしらす》で事実を明らかにすることで、そうすればお上にも慈悲はあるはずだと諭しました。すると栄三は大声を上げて泣き、〝寺男になればたとえ人を殺めたとわかっても、お縄になることも、首を刎《は》ねられることもないと言われていて、たしかにその通りでしたが、悪行の報いで地獄に落ちる夢ばかり見ています。こんな苦しいことはありません〟と告げて、何度も頷いていました。いずれ、栄三は何もかも話してくれると思います」

「実は――」

ゆめ姫はまだ信二郎に告げていない粟屋訪問の顚末や夢の話をして、お蘭こそ、この残虐非道極まりない一連の事件の首謀《しゆぼう》だったと告げた。

「なるほど、もう一人の駕籠舁きは女でしたか。それでやっと、いくらそれがしが辞めた駕籠舁きが栄三の他に、もう一人いるはずだと言い続けても、駕籠屋杉屋の主の首が傾げられたままだった理由がわかりました。また、話を訊きに行った時、こちらにはよくわからなかった、杉屋の主の疑問が今になってぴんと来ました。杉屋の主は、『よる夜中に栄三は拐かしのために、駕籠舁きをしていたと言いますが、いったい、どこの駕籠を使ったんです？　うちは毎日、暮れ六ツ（午後六時頃）で商いを仕舞いにしてて、商売道具の駕籠が入ってる駕籠蔵に錠を掛けます。そんなわけでうちの駕籠は使われるはずはありませんよ。駕籠なんてもん、そうそう誰もが持てるもんじゃねえでしょうが――』と言ったのです。夢で見た駕籠はどんな風でしたか？　竹で出来ていましたか？　垂れはどんなでしたか？」

四本の竹を四隅の柱とし、割り竹で編んだ垂れをつけた駕籠は四つ手駕籠とも呼ばれ、杉屋のような駕籠屋が商いに使う、町駕籠の代表格であった。

――そういえば、市中で見かけるのとは違っていて、わらわの乗物に似ていたわ――

「四方が板張りで塗りではなかったかと――」

「それなら町方の大店の主一家などの金持ちが乗る、自前の法仙寺《ほうせんじ》駕籠か、あんぽつでしょう。お蘭が首謀だとしたら、その駕籠はどこかの大店から盗み出したものか、お蘭の店の物ということになります」

「たしか、お蘭さんにだけは神隠しに遭ったという届けが出ていませんでしたね」

「急ぎ、市中でお蘭という娘がいる店を訪ねてみなければ――、調べて何軒かはあったのですが、とても、夢の中のお蘭がそのまま同じ名を名乗っているとは思い難くて――」

信二郎は立ち上がった。

この夜、ゆめ姫は信二郎の夢を見た。

信二郎がお佳奈たちを殺した夢に出てきたあのお蘭と向かい合っている。すぐそばに糸組みの道具が置かれていて、お蘭は達者な手つきで平打紐《ひらうちひも》を組んでいた。

〝白を切り通すのだな、ためにならぬぞ〟

信二郎の言葉に、

〝何をどうおっしゃられても、あたしはずっとこれ、この仕事をしてるだけなんです。栄三なんて男、知りやしませんし、拐かしなんて恐ろしいこと、考えたこともありません。それより、お侍さんなら知ってますよね、わたしが組んでる平打紐ってね、あの忠義で知られてる真田《さなだ》一族の副業だったんですってね。刀の柄糸《つかいと》に使うためだって言われてるけど、ほんとはお金に困ってたんでしょうよ。世の中、お金さえあればたいていのことは何とかなる、許されちゃうんでしょうね。違います？〟

手を休めたお蘭は、ぞっとするほど蠱惑的《こわくてき》な微笑みを浮かべた。

この時、じっと相手に見つめられていた信二郎の顔が、お蘭に操られていた栄三のものに変わった。

——薪割《まきわ》りも朝から晩までともなれば、かなり疲れているのだが、悪行が祟ってか、今晩もおそらく眠れまい——

仕事を終えた栄三は暗い目をして肩を落としている。廊下を歩くと、板戸の前に立ち止まり中へと入った。寺男の栄三が与えられているのは三畳一間であった。ここは元は物置だったところで、畳の代わりに筵《むしろ》が敷かれている。筵の上に大徳利《おおどっくり》がぽつんと置かれていた。

〝おお、これはいい、これでぐっすり眠れる〟

思わず栄三はここへ落ち着いてから初めての笑みをこぼした。

――仏様の有り難いおはからいと思いたい。役人が会いに来て、御白州で拐かし殺しの罪を認める覚悟をさせてくれたゆえだろうか？　だとすれば、俺にもまだ救いはあるというものだ――

早速、筵の上に座ると大徳利から酒を直に飲んだ。それから一、二、三まで数えぬうちに、

〝うーっ、ううう、うううう、くくくううっ〟

栄三は身体をくの字に曲げて筵の上を転がり廻った挙げ句、白目を剝いて絶命した。

十一

目覚めたゆめ姫は、すぐに信二郎にこの旨を文で報せた。

しかし、信二郎が姫の元を訪れたのは翌々日の夕刻近くになってからであった。

「不覚でした。あなたが見た夢の通り、栄三は死んでいました。徳利の中身の酒を鼠獲り《ねずみと》にかかった鼠たちに与えてみました。鼠たちの息の根は止まったので、これは間違いなく殺しです。しかし――」

そこで信二郎はふうと空しげにため息をついた。

「下手人の詮議は？」

「源善寺は寺社なので調べには寺社奉行の許しが要ります。そのうえ、この寺には弥勒寺《みろくじ》の息がかかっています」

「弥勒寺はたしかお瑠衣の方の御実家でしたね」

この時初めて姫はお瑠衣の方と弥勒寺に不穏を感じた。

「以前は貧乏寺でしたが、養い娘が大奥に上がってお瑠衣の方様となられてからは、寺を建て替えただけではなく、新宗派弥勒宗の本山を名乗り、破れ寺を、次々に弥勒宗の末寺として従わせています。その一つが源善寺なのです」

――あっ――

ゆめ姫が瞬きした。

ほんの一瞬、お蘭に付き添われて源善寺の山門を潜る栄三の姿が見えた。栄三は青い顔の怯えた表情だったが、お蘭の方はやはりあの艶やかにして妖《あや》しい微笑みを浮かべている。〝あんたが嫌がって、あたし一人で殺《や》った最後の娘の時だって、あんたも一緒だった。弱い女のあたしは脅されて手伝わされたって言えば、誰だって信じるんだからね。わかってるね、ここでしっかり身を隠しとくんだよ。弱虫のあんたがお上に自訴しようとしたり、逃げようなんて思ったりしたら、どうなるか――〟

お蘭は笑みを消して、ぞっとするような冷たい目で栄三を睨《にら》み据えた。

「何か見えたようですね」

信二郎は見逃さなかった。

「微笑み続けるお蘭が怯える栄三と一緒に源善寺に来ていました。栄三はお蘭に脅《おど》されていて――」

「なるほど」

信二郎は少しも驚かなかった。

「お蘭についてのお調べは？」

姫はやや強い口調で訊いた。

――なにゆえ、お蘭にお咎《とが》めが及ばないのかしら？　そうだわ、うっかり、話すのを忘れていたことがあった――

「これを――」

ゆめ姫は懐紙に挟んで大事に守り袋にしまいおいた藍色の糸くずを取り出して、ことの次第を告げた。

「たしかに強い証にはなります。ただし、常の裁きではという前置き付きですが――」

信二郎はため息をつく代わりに苦く笑った。

「お蘭は常のようには裁かれないのですか？　自分の邪《よこしま》な愉しみのために多くの娘さんたちの命を奪った上、何の改心もなく、邪魔になった栄三を殺めたのですよ」

「しかし、お蘭が源善寺に忍び込むことはできない相談なのです。お蘭は栄三が殺された日、ただただ糸組みをしていたと近所の煮売り屋が証を立てたからです。独り住まいのお蘭は自分では飯を拵えず、三度三度煮売り屋に頼んで運ばせています。お蘭の小さな店のある駒込《こまごめ》から品川の先にある源善寺までは、男の足でも半日はかかります。栄三が寺の仕事を済ませて部屋に戻ったのは夕刻過ぎ、この時にはもう、部屋に毒酒は置かれていました。お蘭が日中、寺に忍び込んでこれを置くためには、誰にも見られていない時が足りないのです」

「でも、お蘭が自分では殺さなかっただけのことでは？」

「その通りですが、お蘭が誰にそれがしの訪れを洩らして、我が身を守るために助けをもとめたかまではわかっていません」

「確とした証がないだけで、信二郎様は見当がおつきなのでは？」

「それがしの読みとしてならばお話しできます」

「是非聞かせてください」

「お佳奈に続いてもう一人が神隠しに遭った直後、乾物問屋の信濃屋は、もとめてそう月日の経っていない法仙寺駕籠を使用に堪えぬ代物として焼き捨てています。以後、信濃屋は自前の駕籠を持っていません」

「信濃屋さんといえば――」

「ええ、あなたの夢の中で、粟屋の女主が蕎麦粉や蕎麦の実を分けてもらっていると、訪ねてきたあさ女にそばがきを振る舞いながら告げた、あの信濃屋です」

「ということはお蘭は信濃屋さんと深い関わりがあるのかもしれません。もしや、お蘭は女主に会って、特別に蕎麦ものの融通を約束してくれた大旦那様という人の娘では？」

「近いです。ですが大旦那が亡くなった今でも融通が効いている様子ですから、大旦那ではなく、当代の主だと思います。聞くところによると、当代の主は幼い頃、おるいという娘と手習いが一緒で、長じて恋仲になったのですが、父親が猛反対して別れさせ、釣り合う相手と娶《めあ》せました。男なら心惹《ひ》かれない者など一人もいないとまで、絵師たちに言わせた色香の漂う美貌のおるいが、弥勒寺の養女になったのはその直後のことです。おそらく、弥勒寺の住職は窮状のあまり、切におるいの大奥への出仕を考えついたのでしょう。それから一年ほどしてからおるいは大奥へ上がっています」

「お蘭はお瑠衣の方と信濃屋の当代の主との娘なのでは？」

　この言葉に信二郎は無言で頷いて、

「生まれたお蘭を寺に置くことはできなかったでしょう。そこで、一部始終を知る住職は、お蘭を信濃屋に託そうとしたのだと思います。ところが、すでに信濃屋の若旦那は主になっていて、男の子にも恵まれ、家を守り続ける重みを感じていました。信濃屋ではこの赤子を独り身ながら、実直な奉公人女に頼んで、育てさせたのではないでしょうか？　おるいさえ、上様のお心を射止めず、お瑠衣の方様などにならなければ、ご自分が生んだ娘に会ってみようと思うほど情が深くなければ、お蘭はここまでおかしくはならなかったかもしれません」

一瞬、ゆめ姫の目の前にあの粟屋の厨が現れた。厨では、幼いお蘭が一人でお手玉をしている。

「お蘭の身に何が起きたのです？」

「くわしくはわかりません。けれど、弥勒寺の建て直しが終わった頃に一連の恐ろしい事件が起きています。この頃、お蘭、十五歳。実母と信じていたはずの奉公人女まで神隠しに遭ったのもこの頃です」

ゆめ姫が瞬くと、二人の女が向かい合っている様が見えた。一人はお蘭、もう一人はお瑠衣の方だった。

〝あのね。あなたは本当はわたしの娘なの。今まで、苦労を掛けたけど、これからは全てを忘れさせてあげる。何でも、あなたの思いのままにしていいのよ。美しい着物も櫛《くし》も笄《こうがい》も簪《かんざし》も何でも欲しいものを買っていいのよ。そして、大奥でわたしの部屋子になるの。そうすれば、いつもわたしと一緒にいられる。それに、それに——〟

お瑠衣が懸命に話すと、お蘭は初めこそ、

〝おっかさん、生きていたんだ。嬉《うれ》しい——〟

と言って今にも抱き着かんばかりにしていたが、次第にその顔は険しくなり、

〝ふん、捨てたくせに。そんなことで許されると思っているの？　馬鹿言ってんじゃないわよ。自分勝手なおまえなんかにこれ以上、わたしの心に踏み込んでほしくないんだよ〟

立ち上がったかと思うと、いきなりお瑠衣の方を足蹴《あしげ》にした。

〝あっ〟

お瑠衣の方は憂いに満ちた目でお蘭を見上げた。

そこで、白昼夢は終わった。

「お蘭が手に掛けた？」

「おそらく。お蘭は全てをお瑠衣の方様から聞いてしまったのでしょう。おかしくなっていくお蘭を見ていて、お瑠衣の方様が自分が話したことを悔いたであろう時にはもう遅かった――」

「お蘭はお瑠衣の方様だけではなく、信濃屋さんを、実の父親やお祖父さんも脅したのですね」

「それからもちろん、弥勒寺の住職も。お瑠衣の方様と信濃屋、それに弥勒寺からまで、湯水のような小遣いをせしめても、お蘭の心は荒《すさ》むばかりだったはずです。そして、とうとう法仙寺駕籠の使い途《みち》を思いつき、その時はお蘭にべた惚れで、一も二もなく話に乗った元漁師の栄三を仲間にしたのでしょう」

「粟屋の石室や厨に何の手掛かりも無かったのは、徹底して、三方が組んで証を消させたからだったのですね」

「この頃、つくだ沼の埋め立てが始まっています。お佳奈さんたちの骸を永遠に葬るためだとわたしは考えています。お瑠衣の方の後ろにはかなりの人物が付いているはずです」

――時折、浦路が〝御老中方ほど手強い方々はおりますまい。上様に代わって政のほとんどを動かしておいでなのですから〟と洩らしている顔ぶれのことね、きっと――

「お蘭はどうなるのです？」

姫の問いに信二郎はすぐには応えず、

「石室ではなく、あの粟屋のどこかに、例えば畳の下や押し入れの壁の中などに、お蘭を育てた奉公人女の骸が隠されているとそれがしは考えています。つくだ沼に骸を棄てる役目だった栄三が手を引いた後、時を置かずに神隠しに遭った娘の骸も――。徹して探せば必ず出てくるはずです。そうでなければ、先代、今と続いて信濃屋の父子が、粟屋に格別な融通などするわけがないのです。信濃屋父子が小商いに恩恵を与えてきたのは、なけなしの金で店を持った粟屋が、多少建て増しをしただけで、家屋の気になる場所には手をつけなかったからでは？　人気の蕎麦で商いに何とか損が出ず、続いていくことを願ってのことでは？　潰れてまた空家にされては、お蘭が戻って住み、また似たような事件を起こさないとも限りません」

「あそこはお蘭が生まれ育ったところですものね」

「愉《ふけ》しみに耽り、陰惨な悪行を重ねた場所でもあります」

「まさか、このままお蘭は――」

――何のお咎めもなくていいものなの？――

「お瑠衣の方様が上様のご寵愛《ちょうあい》を受け続けていて、お方様ご本人のお蘭への愛情が変わらなければ――。あるいは一連の事件の後、栄三を源善寺へ送り込み、危ないと察知して、近くに居る寺の者を使って殺させたのは、お蘭ではなく別の黒い力だとしたら、お瑠衣の方様、お蘭ともどもさらなるもっと生臭い悪事の片棒を担がされているのかもしれません」

「でも、お蘭は平打紐の糸組みをして日がな暮らしているのですよ」

「お蘭の手際は見事でしたが、退屈そうに見えました。本意ではないがあそこまでのことをしでかしてしまった以上、仕方なくという様子でした。または、お蘭にあのような暮しを強いているのも、何事も起こさせないようにという警戒だけではなくて、さきほど申し上げたように、もっと大きな政や商いに関わる悪事の隠れ蓑《みの》なのかも――。いやはや、長く憶測ばかり話してしまいました。とかく戯作者の戯《ざ》れ言《ごと》とお笑いください」

だがもとよりゆめ姫は笑えず、

「辛すぎる結末ですね、特にお玲さんにとって――」

たまらない気持ちに陥った。

――起きてください、ゆめ殿、起きてください――

檜の匂いと慶斉の声に促されて姫は目を開けた。まだ充分暗く、夜は明けていない。

――このところ、寒いですし、気をつけて身仕舞いして行きましょう――

――行くってどこへ？――

――あなたの気になっているお玲の居るところです。決まってるでしょう？――

――わかりました――

姫は慶斉の声を伴って市中の夜道を歩き始めた。

――こっちです、こっち。そこ曲がらないで、しばらくはまっすぐ、まっすぐです――

変わらず慶斉は道案内を務めている。

——お玲さんは檜が香る場所にいるのですね——

——まあ、そういうことです——

慶斉の檜の香への一念だけが頼りなので結構長い道のりであった。途中で空が白んできた。

突然、檜の濃密な香りに包まれた。

——ここです——

姫はこぢんまりとした一軒の店先に立っていた。戸口に〝糸組み屋〟の看板が下がっている。前には食べかすの付いた皿小鉢が重ねられていた。

——もしや、ここは——

はやる気持ちを抑えて、

「お邪魔いたします」

まずは声を掛けてから戸口を開けた。

ぷんと強い血の匂いが檜の香りと入り混ぜに感じられた。

糸組みの仕掛けのある座敷の上で二人の女が倒れていた。どちらも首筋から流れ出ている夥《おびただ》しい血に染まっている。一人は夢で見てきたお蘭で、匕首を手に握ったままでいるのはお玲であった。お蘭の目がひたすら恐怖を訴えている一方、お玲の表情はしごく穏やかであった。確かめるまでもなく二人は息絶えている。

お玲の骸は懐から姫への文を覗かせていた。血に濡れたその文には以下のようにあった。

女祈禱師あさ女がわたしにかこつけて、あなた様を傷つけるような行いに出るかもしれないとわかってあさ女に近づきました。あれは自分の利のためには何でもするあさ女に騒いでもらって、お上に真の下手人を見つけていただくための方便でした。どうかお許しください。

わたしはあなたの夢をずっと信じておりました。粟屋で証が出なくても信じました。

そんなある夜、わたしはまるであなた様になったかのように夢を見ました。それはお佳奈が連れ去られた時のもので、後棒は女でした。すぐにそれが誰かわかりました。あまりに若い頃のおるい、お瑠衣の方様に似ていたからです。他人の空似では顔の黒子《ほくろ》の場所まで似るものではありません。

わたしとお瑠衣の方様とは揃い小町と言われていたことがあったのです。わたしも若かったので相手が気になり、わたしは早くからお蘭の出生を知っておりました。あさ女は祈禱の力はまるでありませんでしたが、人が秘しておきたいような事情には精通していたからです。

そんなわけで、わたしは早くからお蘭の出生を知っておりました。

すぐに仇《かたき》を討たなかったのは、権現様がお定めになった御定法通り、お上の裁きを信じて従いたかったからです。お上が正しいことをなすってくださると思いたかったからです。

ところがお蘭に誘われて罪を犯した若い男は、寺男になって逃げ延びただけではなく、死人に口なしとばかりに始末されてしまいました。

これではお佳奈の供養はできません。あなた様の夢で娘の骸が棄てられていたという沼も、今はもう埋められてしまったつくだ沼に違いないとも思いました。

これらのことは夢ではなく真実だと思います。

もう、お上は信じられないと思いました。

それで自分で娘の仇を取ると決めました。娘はわたしが明吉さんとのことを許してさえやれば、魔の駕籠舁きとも出遭わず、死なずに済んだかもしれないのですから、自分も報いを受けるべきだと以前から覚悟を決めておりました。

もとより、仇討ち赦免状は町人には出ません。娘の元へと旅立つのですから、わたしは死を少しも恐れていませんが、ただの人殺しとして裁かれたくはないのです。

すっかりお世話になりました。そして、ご迷惑をおかけしてしまい、本当に申しわけございませんでした。

玲

ゆめ姫様

読み終えた姫が、

——お玲さんのこうした行いをもってしか、世に正義がもたらされないなんて酷すぎる

――何とも重く切ない気持ちに打ちひしがれかけた時、お玲の声が聞こえた。

〝心の臓が止まっているので声をだせませんし、身体を動かすこともできませんが、耳は聞こえるのですね。ゆめ姫様の足音が聞こえます。ありがとうございました。そして、さようなら〟

次には部屋中が白く目映《まばゆ》い光に包まれて、鈴を鳴らしたかのような清らかに響くお佳奈の声が聞こえた。

〝ずっと会いたくてたまらなかったおっかさんを迎えに来ました。気づいてました？　あなたの片袖の角に、お蘭の組む平打紐の糸くずを入れたのはあたしなんですよ。あなたの夢の中で悪戯《いたずら》しちゃったの。誰かに仇を取ってもらわないと、あたし、なかなか成仏できなくて――。あれ、あんまり役には立たなかったけど、大丈夫、あたしたち母娘《おやこ》、あの世で幸せに暮らします〟

これを聞いたゆめ姫は、

「たしかにあんなところに証の糸くずが迷い込むはずないわよね」

思わず微笑んでいた。

第三話　大岡越前守の霊がゆめ姫を悩ませる

一

今年も千代田の城では紅葉《もみじ》を愛《め》でる茶会が将軍によって催される。この催しには諸大名と共に親戚筋《しんせきすじ》の御三家、直参《じきさん》旗本や大奥の御目見得《おめみえ》以上が招かれる。

この茶会が近づくにつれて、外気がさわやかに澄みきって庭の木々が色づいてくる。ゆめ姫の父将軍は紅葉を〝山野を飾る絢爛《けんらん》たる綴《つづ》れ織り〟と称していて、その醍醐味《だいごみ》を満喫するために出入りの植木職人に紅葉通りを作らせてきていた。

「紅葉と書くモミジとは本を正せば紅葉そのもののことで、木の名ではないのですね。秋に赤または黄に色づく木々の葉のこと——わたくし、ここへ上がるまで、てっきり、モミジという名の木があるものだとばかり思っていました。まさか、カエデの葉のことだなんて思ってませんでした」

ちなみにモミジ——紅葉の由来は、秋に葉が霜や時雨《しぐれ》の冷たさにまるで揉《も》み出るかのように色づくことにあった。この〝揉み出《い》づ〟から〝もみづ〟となり、〝モミジ〟になったといわれている。

一緒に城の庭内の丸木橋を渡っていた藤尾は、見事な紅葉通りの紅葉の木々を見つめて立ち止まった。

紅葉の茶会は明日に迫っている。ゆめ姫は藤尾と共に大奥に呼び戻されていた。

「カエデって、葉の形が蛙《かえる》の手に似てるからついた名でしょう？　緑色の蛙の手は可愛《かわい》いけれど、モミジほどは大騒ぎされない。赤くなったとたん、ちやほやするのよね。でもたしかにこの赤い色には、心が吸い寄せられるようだわ。こんな綺麗《きれい》で透き通った赤、なかなか目にできるものではありませんもの」

ゆめ姫もすっかり魅せられていた。

「上様が集められているカエデにも種類があると聞いてます。もっとも知られているのがイロハモミジ、葉が大きいオオモミジ、オオモミジの変種で葉先が鋸《のこぎり》型のヤマモミジ――各々赤の色具合も違うようです」

「父上様はモミジにご執心ですけれど、わらわは銀杏《いちょう》の黄色もなかなかいいと思っているのよ。光り輝くお陽《ひ》様みたいな色だし、あの葉の形、緩く握った幼子の掌《てのひら》に似てて、蛙の手のカエデ同様に可愛いもの――」

「浦路様に伺いました。昔々、奈良《なら》に都があった頃《ころ》、身分の高い女人が晩秋にお召しになるお着物は、表地が血のような紅葉《もみじ》色で、裏地の銀杏の黄金色もたいそうなものだったそうです。ああ、でも、この黄金色って、姫様がおっしゃったようなやさしいお陽様色じゃなくて、ぎらぎらした金そのものって気もしますけど――」

――人の血と小判の金色が表裏一体？　これは何だかまがまがしい――

姫には愛でていた紅葉が急に恐ろしく見えてきて、

「中へ戻りましょう」

藤尾を促して踵《きびす》を返したとたん、瞼《まぶた》の中に焼き付いているモミジの赤さがぐわっと生き物のように目前に迫った。

白昼夢の到来であった。

――これは何？――

不可解に思ったのは一瞬で、かんかんと鳴る半鐘の音が聞こえた。

――火事――

とりわけ黒い墨を流したような夜空に向かってめらめらと炎が燃え上がっている。炎は上にだけではなく、前後、左右にも大きく広がっている。カラタチの生け垣をも燃やし尽くそうとしていた。

忙しく立ち働いている火消したちの声が聞こえている。

〝こいつを外に出すなよ〟

――こいつというのは炎のことね――

〝合点、承知〟

〝まあ、火元がお屋敷でよかったよ。火の害をここで止められる〟

〝立派なお屋敷が灰になっちまうがな〟

〝付け火か？〟

〝さてな――〟

そこでゆめ姫は醒《さ》めた。

――武家屋敷の火事模様とはいったい何の前触れなのだろう？――

紅葉の茶会当日となった。

この日、集められた客人たちは、将軍に臣下の礼をとった後、紅葉狩りと称して、庭のモミジを愛でながら、菓子を賞味しつつ一服の茶をたしなむ決まりである。点前《てまえ》は御台所《みだいどころ》や側室たち、ゆめ姫、大奥総取締役の浦路を除く、御目見得以上の女たちが務める。

今は亡きお玲の星月堂からは、カエデやイチョウ、ギンナン、クリ、マツタケ等の秋ならではの風情《ふぜい》を干菓子にした、段重ねの菓子箱が用意されて、百人はゆうに越える皆々に配られる。

――父上様は星月堂を将軍家御用商人に加えるという約束を違《たが》えていない。これでさだめし、あの世のお玲さんも星月堂は安泰だと安堵《あんど》なさっていることでしょう――

姫がほっと安心のため息を洩《も》らした時、

——ゆめ殿、わたしです——

聞き慣れたその声は慶斉だった。

——あら、お久しい。カエデの幹にまで移れるようになられたのですね——

——あれ以来ですよ——

息を引き取ったばかりで、耳だけはまだ聞こえていたお玲の元へ案内してくれたのは慶斉だった。

——まだ、そう時は過ぎていないはずですが——

慶斉の声がやや不機嫌そうにくぐもった。

——申しわけございません、わらわとしたことが——。お礼を申し上げるのをすっかり忘れていました、ありがとうございました——

——まあ、そう堅苦しくならないで。わたしはせめてこうしている間は、幼かった昔のようでありたいのです——

——そうですね——

ゆめ姫は相づちを打ったものの、

——それは少々無理ではないかしら？——

内心でふと洩らすと、

——そうそう今のあなたには他に楽しいことがおありでしたね。わたしは今も身体《からだ》だけは茶席に居り、順番を待っているのが関の山で——、このところ、とかくこういう場所では皆の視線を感じて気がぴりぴりしてかないません――

慶斉の口調はやや皮肉と愚痴がない交ぜであった。

――人はいつまでも幼子ではいられないし、ひたすら前を向いて育ち続けたいものだとわらわは思うております――

姫は率直な思いを伝えた。

――たしかにその通りです。しかし、茶席を抜け出したくてあなたのところへ来たわけではないのです。どうしても、力を貸していただきたいことが友の身に生じました――

カエデの幹に刻まれている慶斉の顔はいくぶん青ざめた赤に見えた。

――どうかお話しください――

――不得意な剣術を上達させるべく、市中の道場へ誘ってくれるなど、わたしを親身に導いてくれた年長の友のことです。名は松原寿郎右衛門《まつばらじゅろうえもん》、直参旗本二千石の当主で幕府新御番頭の役目にあります。この友が何日か前に亡くなりました。大きな屋敷に自ら火を放って焼死したのです――

――まあ、それでは昨日見た昼間の夢は――

ゆめ姫は絶句した。

――さすが、もうわかっていたのですね――

――ええ、モミジの赤さに魅入られているうちに、武家屋敷の火事が見えました。ところでなにゆえ、自ら火を放ったとおわかりなのでしょう？――

――骸《むくろ》は焼け焦げてしまい自ら焼死した証《あかし》にはなりませんでした。両親《ふたおや》は既に鬼籍に入り、奥方は出産の折に赤子と共に亡くなっています。焼死当日、主だった家臣たち全員を、上野に紅葉狩りに行かせ、寒い時期を前にして力をつけておくよう、夕餉《ゆうげ》には市中での薬食いを命じています。家臣たちは貸し切られたももんじ屋で紅葉鍋《もみじなべ》（鹿《しか》鍋）を食していて、屋敷の異変を知り、駆け付けたそうですが、その時はもう一面火の海で、なすすべもなかったのです――

――目付《めつけ》は寿郎右衛門様の死をどのように解しておいでなのですか？――

――このところ塞《ふさ》ぎがちで鬱々《うつうつ》としているように見えたゆえ、十日前から勤めを休んでおったので、気鬱《きうつ》が祟《たた》っての自害とされました。関ヶ原《せきはら》以降脈々と続いてきた松原家は取り潰《つぶ》しになりそうです。何しろ、寿郎右衛門が起こした火事は大罪ですから、同じ自害でも、己の不祥事ゆえに自害して果て、家の存続を乞《こ》う切腹とはわけが違います。そろそろわたしの耳にまで噂《うわさ》が聞こえてきていますが、何と寿郎右衛門は長崎《ながさき》奉行を目指していて、根回しのための金子《きんす》が要《い》り、お上の金蔵から盗み出していて、発覚しそうになって気鬱に陥ったのだとか――。これは断じて根も葉もない噂です。寿郎右衛門に限ってそんな薄汚い不正とは無縁です――

慶斉の声も表情も憤怒で充《み》ちた。

ちなみに長崎奉行はそう位の高い役職ではなかったが、長崎に在住して、輸出入の権限を一手に任せられていた。ようは商いの匙加減《さじかげん》が自由自在というわけである。それゆえ、大袈裟《おおげさ》に言えば孫や子の代まで長崎で得た富が残ると言われていた。よって希望者は多く、任命制であるからして、根回しにも法外な金子が必要とされた。

──わらわが一番不思議でならないのは、お家《いえ》が断絶になるとわかっていて、なにゆえ寿郎右衛門様はお屋敷に火を放ったのでしょう？　不祥事ゆえの気鬱ならば切腹で済むことでしょう？──

姫が言い切ると、

──そうなのです、そうなのです。わたしもそのあたりのことが、喉《のど》に刺さった小骨のように不可解でなりません。これはきっと何かあります──

慶斉は夢中で相づちを打った。

──寿郎右衛門様に腹心の御家来はおられましたか？──

ゆめ姫は腹心の者になら寿郎右衛門も心を許しているはずだと思った。

二

──寿郎右衛門には新井三郎太《あらいさぶろうた》という同年齢《おないどし》の用人《ようにん》がおりました。この者はわたしたち同様幼馴染《おさななじ》みです。妻に死なれて独り身というのも寿郎右衛門と同様でした。三郎太は代々用人として仕える父親が急逝して跡を継いだのです。この者ともわたしは道場で打ち合いました。たいそうな腕前でした。こてんぱんにやられましたが、その後で共に飲んだ酒は美味《うま》かった──

のでは？――
――風の勢いもあってか、大変な火事でした。御家来衆が住まう長屋も燃えてしまった
のでは？――
――八割方はそのようです。幸いにも三郎太のところは焼け残り、そこに身を寄せてい
る者たちも多いと聞いています。わたしは多少の心配りをしたかったのですが、周囲の者
たちに止められました。今の立場ではどんな些細《ささい》な動きをしてもいろいろ取り沙汰《ざた》される
というのです。善意が邪《よこしま》な動きだと決めつけられるのも心外なので、三郎太を訪ねること
も叶《かな》いません。松原家二千石の存続を祈りつつ、気にかかる日々です。ですからいつもの
ように木から木を伝って三郎太の長屋に辿《たど》り着き、話を聞くこともできないのです。わた
しを知っている三郎太なら、まさか、木に取り憑《つ》いた魔物だとは思わないでしょうが、三
郎太の家の庭の木は一本残らず燃えて無くなってしまっています。風に乗って動き、姿無
く突然話しかければ、幻の声を聴いたのだと思うことでしょうし、話を訊く手立てが思い
つきません――
――わらわが会いましょう――
――ありがとうございます。ただし、三郎太はいい奴ですが、子沢山の無骨者で、将軍
家の姫とは知らないあなたに対して礼を欠くかもしれませんが、許してやってください
――
そう言って慶斉の顔はカエデの幹から消えた。

この夜、大奥に留《とど》まっているゆめ姫の夢にはまた、炎に包まれて燃えさかる松原家の火事が出てきた。暗い、寒いと感じた。どうやら姫は火事を見物している人々の中に混じって、灰や瓦礫《がれき》になる松原家を見ているようである。

言葉も無く唖然《あぜん》として立ち尽くしている、武士の一団があった。

〝殿が中に、殿をお助けしなければ〟

振り切って炎と化した屋敷に飛び入ろうとしている男を、数人が押さえつけて止めている。

〝三郎太殿、お止《や》めくだされ。もう無理です〟

〝されど――〟

〝くれぐれも命を無駄にするなというのが、わが殿の日頃《ひごろ》からのお言葉でした〟

〝どうか、どうか、お止《とど》まりを。用人のあなた様まで失ったら、いったいこの松原のお家はどうなるのです？〟

男たちは口々に諭し、

〝あああ、うあーっ――、殿ぉー、殿ぉー〟

三郎太は空しく絶叫した。

場面が変わった。

〝ありがとうございます、おかげで乳がまた出るようになりました〟

〝いただいた米で病の母に粥《かゆ》を煮てやれました〟

家を失って窶《やつ》れてはいても、礼や気品までは失わずにいる武家の妻女たちに頭を下げられた三郎太は、

〝よかった、よかった〟

目鼻立ちの大きい弁慶《べんけい》を想《おも》わせる顔を綻《ほころ》ばせた。

〝いくぶん、お痩《や》せになったようにお見受けいたしますが〟

一人が気遣うと、

〝何の、わしのようなどこもかしこも大きな者は、多少縮んだ方が見栄えがするというもの——後添えが来てくれるかもしれませんぞ〟

子どもの一人を肩車している三郎太は、以前は太鼓腹だったが、今はぐにゃりと萎《しぼ》んできている腹を叩《たた》いて見せた。

ただし、妻女たちがいなくなると、

〝お腹空《なかす》いた、空いた〟

〝ご飯、ご飯〟

〝もう我慢できないっ〟

〝立ってらんない〟

〝くらくらしてきたよぉ〟

子どもたちの腹の虫がぐうぐうと鳴き、三郎太は立っていられないと訴えた子を抱いて米櫃《こめびつ》の蓋《ふた》を開けた。米粒一つ残っていない様子に子どもたちはいっせいに泣き出し、三郎

太はため息をついた。

水瓶《みずがめ》の蓋を開け、代わる代わる子どもたちの口に柄杓《ひしゃく》をあてがった後、自分はただひたすらぐいぐいと水を飲んだ。

水で空腹がおさまったところで、今度はふーっと、身体全体で息をつき、

〝焼け焦げの骸からは何もわからないと、目付の手の者に言われたが、殿は自害などではあり得ない〟

きっぱりと断じた。

〝すると誰《だれ》かに殺されたとでもいうのですか？〟

咄嗟《とっさ》に姫は三郎太に話しかけていた。

〝えっ、お優《ゆう》様？　お優様ですか？　あなたは殿の妹御で十三歳で亡くなられたお優様ですか？〟

三郎太の顔中になつかしさと喜びが宿った。突然の話しかけを少しも怪しんでいない。

〝ええ〟

ゆめ姫は三郎太の思い込みに乗じることにした。

〝それがしはあなた様をお慕い申しあげておりました。とはいえ、家臣の身ではそのようなことは打ち明けられず、そのうちに、あなた様は逝《い》ってしまわれた。あなた様が一時、こうしてあの世から打ち出《い》でて、それがしに話しかけてくださるのは、それがしへの想いからなどではないとわかっています。あなた様への気持ちと同じくらいかそれ以上に、そ

れがしはお仕えしている殿を敬慕申し上げておりました。あの世の殿は自分の死は自害ではない、殺されたのだ、仇《かたき》を取ってくれとお告げになりたくて、お優様に、その旨を託されたのでは？――〟

〝その通りです〟

そう言い切ったとたん、また場面が変わった。

三郎太が障子を前にして廊下に座っている。朝から昼、夕刻から夜更けまで姿勢を崩さずにいて、

〝殿、お願いでございます。お出ましくださいませんか〟

〝水だけではお身体に障ります。なにゆえ、食を絶たれるのです？　その理由《わけ》をお教えください〟

〝せめて粥なりともお召し上がりください〟

〝お顔なりともお見せください〟

懇願し続けているが、聞こえてくるのは拒否を示す咳払《せきばら》いだけで、寿郎右衛門の部屋の障子が開く気配は無かった。

突然、油の臭いがした。

――この方が松原寿郎右衛門様ね――

間近で見る寿郎右衛門は背がひょろりと高く、首が長い。目鼻立ちは小さくまとまっているが、切れ長の目には力があった。食を摂《と》らずに何日も閉じこもっていたせいか、目だ

けがぎらぎらと光っている。

すでに家臣たちを紅葉狩りに行かせたのだろう。寿郎右衛門は無人の屋敷の部屋から部屋へと油を撒《ま》き続け、火を付けている。撒いては付け、撒いては付けして、自分の部屋に戻ると、最後にたっぷりと畳に撒いて火を付けるとごろりと横になった。

〝よもや証は残せないし、残さない方がよいのだが、切腹だけはしない。する謂《い》われもない〟

謎《なぞ》のような言葉を呟《つぶや》いて取り囲むようにして広がった火に包まれた。

〝三郎太よ〟

ゆめ姫がお優を装って三郎太に話しかけると、

〝おお、お優様〟

前の場面に戻った。

〝兄上の最期の様子を話しましょう〟

姫は屋敷に油を撒いては火を付けていき、自ら焼死した寿郎右衛門の話をした。

〝そんな馬鹿な、信じられません。それにあなた様は先ほど、殿は殺されたのだというそれがしの考えに同意してくださったではありませんか？〟

〝殺されたも同然という意味です。新御番頭のお役とあらば、兄上も言うように言えないお役目上の重荷を背負っていたのかもしれませんから。けれども、それが何であったかを突き止めるのはとてもむずかしいはずです。また、松原家はお取り潰しと決まったわけではありません。兄上がわたしをそなたの元へ寄越したのは、松原家がお取り潰しにならぬよう、仇討《あだう》ちなどといきり立たず、平穏に沙汰を待てと窘《たしな》めるためなのです。わかりますね〟

お優のふりをしている姫が念を押すと、

〝無念ではありますが、殿やお優様の命であるならば従いましょう〟

三郎太は渋々承知した。

その翌日、ゆめ姫は、

「市中に気になる事がありますのでこれで――」

戻るのは早すぎると不服顔の浦路に一言告げると大奥から夢治療処《ゆめちりようどころ》へと帰った。

部屋に落ち着くと早速、松の匂《にお》いがしてきたので、急ぎ姫は裏庭の松の木へと走った。

するとほどなく松の幹に慶斉の顔が浮き出た。

――ここへ戻ってきてくれて助かりました。城の庭は警固の者たちが始終見廻《みまわ》っているのでね――

慶斉の顔は眉間《みけん》に浅い皺《しわ》を作りつつ微笑《ほほえ》んだ。

――新井三郎太と話してきました――

これには寿郎右衛門が自害した話も含まれている。

――ただし、自害は気鬱ゆえなどではないと思います――

姫は寿郎右衛門が今際《いまわ》の際に遺《のこ》した言葉、『よもや証は残せないし、残さない方がよいのだが、切腹だけはしない。する謂われもない』との呟きに拘《こだわ》っていた。

——だとすると、これはその言葉の意味、寿郎右衛門があのような死に方をしなければならなかった真の理由を、公儀に知らしめなければ、松原家はあらぬ疑いを掛けられて断絶させられてしまいます。『切腹だけはしない、する謂われもない』という寿郎右衛門の言葉は、己の取った最期の行いゆえに、松原家断絶もやむなしと覚悟の程を示している一方、自分に咎はないと自身の不正を強く否定してもいるのです。わたしは友として、何とか、寿郎右衛門の死の真相を明らかにして、松原家を存続させてやりたいのです——

松の木に浮き出た慶斉の顔は険しく眉間を寄せている。

——お気持ち、よくわかります。けれどもそれは——

かなりむずかしいことだとまでは、ゆめ姫はその先を続けられなかった。

——陰謀術策ばかりが当然のことのように行われ、これほどまでに世に正義がまかり通らないとは——

察した慶斉のその物言いは怒りの叫びに近く、

——本当にその通りだわ——

姫も同感であった。

三

この夜、ゆめ姫は寿郎右衛門や三郎太が出てこない新しい夢を見た。寺を背景に真っ赤なモミジが目に鮮やかだった。

〝ゆめ姫様、ゆめ姫様〟

驚いたことに相手は将軍家の姫だと知って呼びかけてきた。

〝どなた？〟

咄嗟に辺りを見廻した。すでに姫は寺が燃えているようにさえ見えるモミジに取り囲まれていた。

〝今は延享《えんきよう》年間でございます〟

応《こた》えた老爺《ろうや》はゆめ姫のすぐ目の前に居た。白髪ながら髷《まげ》を結い、裃《かみしも》姿の背筋はぴんと伸びていて、皺深い顔の眼光は怖いほど鋭かった。

〝まあ、そんな昔――〟

思わず姫はため息をついた。

延享年間といえば今から約百年近く前である。

〝この寺は三代大猷院《だいゆういん》（徳川家光《いえみつ》）様の寛永《かんえい》年間に建立されたものです。その頃から今と変わらずモミジの紅葉が美しかったと聞いています。あなた様がことのほかモミジに魅入られておいでなので、ここへお連れすることができました〟

寛永年間ともなると二百年は前の大昔であった。

〝あなたはどなたです？〟

姫はもう一度訊《き》いた。

〝大岡忠相《おおおかただすけ》でございます。大岡越前守《えちぜんのかみ》という名の方が知られておりましょう〟

名乗った大岡越前守は深々と頭を下げた。

〝まあ、そなたがあの正義を貫いた名奉行なのですね〟

ゆめ姫はついしげしげと相手を見つめた。

――聞いた話では、惚《ほ》れ惚《ぼ》れするほど眉目秀麗《びもくしゅうれい》なのだけれど――

〝人は誰でも年齢をとるものでございますゆえ、このような姿でお許しください。南町奉行を務めたのはまだまだ若い頃のことにございますし。ただしその時とてたいしたことはございません。そもそも男前に生まれついてなどおりませんので〟

越前守は姫の心をとっくに見透かしていた。

――あっ、いけない――

思わず心の中で叫ぶと、

〝そうでございますよ、こうして話す時は互いに心を隠すのはむずかしいもの、油断は禁物です〟

越前守は口元をすぼめてうっすらと笑った。

〝八代有徳院《ゆうとくいん》（徳川吉宗《よしむね》）様の下で良き働きをしたのでしょう？〟

ゆめ姫は話を変えた。

〝わたくしはただ、明暦《めいれき》の大火（一六五七年）による幕府の痛手を再建しようとなさった、改革の手助けをさせていただいただけです。上様の命により、下々の目安（訴え）が聞ける箱を設けたり、貧しい人たちが無料で養生することができる小石川《こいしかわ》養生所の設立に尽力したのは事実ですが――〟

〝ご謙遜《けんそん》を。お見うけしたところ、長寿を全うされたご様子何よりです。おっしゃったほかにも数々の良き政《まつりごと》をしておられるのでは？〟

姫はもっと越前守の功績を聞きたかった。

〝そうでございますねえ、中町《なかまち》奉行所や本所《ほんじょ》奉行所を廃し、町名主も減らして町政改革も行ないました。町火消しに、咄嗟の小回りが利くよう、組を作りましたね。名付けて、いろは四十七組（のちに四十八組）〟

〝そのほかにもご活躍でしょう？〟

〝上様からの命で農政に関《かか》わる関東地方御用掛を兼任していたことがありました。青木昆《あおきこん》陽《よう》に試作させた飢饉《ききん》対策作物のサツマイモを大々的に作るよう、近郊の農民たちに勧めたのです〟

〝それなら知っています。そなたが勧めていなければ、今のわらわたちは甘くてねっとりと美味《おい》しい唐芋《からいも》を食せなかったのですね〟

ゆめ姫は感動し、先を促した。

〝今も昔も金子、貨幣の流通は政の胆《きも》です。大火の後の再建で窮すれば必ず貨幣が不足します。そこで、わたくしは改鋳《かいちゅう》の策を取ろうとしたのですが、かえって大幅な銀高になってしまいました。そうなった黒幕は両替商だと睨《にら》み、両替商たちを奉行所に呼び出しましたが、なんやかんやと理由をつけて代わりの者を寄越してきましたので、皆入牢《じゅろう》させました。驚いた両替商たちが何度も嘆願してきましたが、わたくしは聞き入れませんでした。両替商たちの力添えなくしてこの策は到底、陽の目をみないとわかっていたからです。富める者たちの自分さえよければいいという私利私欲にも腹が立ちました〟

〝まさかその者たちをあなたは――〟

ゆめ姫は恐る恐る訊いた。

〝ご安心なされよ、わたくしはあの者たちを打ち首にするほどの力など持ってはおりませんでしたから。二月ほど後、わたくしは突然、町奉行職を解かれ、寺社奉行を命じられ、両替商の名代たちはお解き放ちとなりました。金子を商いする両替屋は常に強しです〟

越前守の口調はやや自嘲《じちょう》気味になった。

〝そなたの町奉行解任には何らかの力が上から働いたということですね〟

〝富裕な商人とお上の勘定方《かんじょうかた》とは切っても切れない間柄ですからね。越前守贔屓《ひいき》の上様が得心なさる形でわたしの解任がはかられたのでしょう。本来は両替屋への厳しすぎる処置はよろしくない、何事も匙加減が大事なのだと、わたくしから上様に進言するべきでしたが出来ませんでした。今更ここで、お上の良策に従うべきだという、あるべき正義を振りかざしても空しいだけだとわかってはいましたが、ついつい負け戦を闘ってしまいました。生まれつきどうにも間違い、心得違いが許せないのです。救いは怖《お》じ気《け》づいた両替屋たちが、隠し持っていた銀を全部ではないにせよ、供出して、この改鋳の策は功を奏したことです。これで百年近く貨幣の流通が安定しました〟

越前守は苦笑し、これは余談ですがと断ってから、書物の最後に記されている奥書（奥付）について話した。

〝今はどの本にもある奥書ですが、あの頃は付いている方が稀《まれ》でした。あれがあると版元は刷り数を誤魔化せません。書き手が心血を注いでいるというのに、版元が不正を働くのは見逃せませんでした。まあ、わたくしもこの程度の正義を振りかざして満足していればよかったのでしょうな〟

越前守は俯《うつむ》いてしまった。

〝懸命にお役目を果たされたのですね〟

〝はい、還暦を迎えてはいましたがこの身、朽《く》ちるまでは上様のお役に立とうと決めておりました。その気になれば、仕事などいくらでも湧《わ》いて出てきます。様々な嫌がらせもありましたが、有り難いことに、今までに町奉行を務めた旗本で大名にまで出世致しましたのは、このわたくしだけです。わたくし亡き後も子や孫が賜った三河《みかわ》国西大平《にしおおひら》藩一万石をずっと安寧に守り続けてきております。身に余る真《まこと》にありがたき幸せにございます〟

そう応えた越前守は、そこに八代将軍吉宗が立っているかのように恭《うやうや》しく辞儀をして、また、その先を続けた。

〝上様が亡くなられたのは寛延四年（一七五一）の梅雨《つゆ》の頃でした。実はわたくしも体調がすぐれない日々が続いていて、上様の御葬儀後、寺社奉行職を辞し、屋敷で療養いたしましたが、同年こちらに参りました〟

〝お二人ともご立派に生きられた、実り多い生涯であったと思います。悔いなどおありにならないでしょう？〟

姫は相づちを期待したがしばし越前守は背を向けて沈黙した。

〝まだ、していないことでもあるのですか？〟

ゆめ姫の方のしびれが切れた。

〝ええ、実は。上様とあの世でいつもお話ししていることがあるのです〟

越前守はそろそろと切り出した。

〝まあ、また、有徳院様とご一緒に何かなさろうというのですね〟

正直、姫は呆《あき》れた。

〝上様、いえ有徳院様は現世ではとかく政を優先しすぎた、市中の者たちにもっともっと手厚くするべきだったとおっしゃるのです。上様のお言葉、その通りだとわたくしも共感いたしました。手厚くするにはどういう手立てがあるかを二人でさんざん詰めた結果、世に罪人を出さないようにすることだと意見が合いました〟

四

〝それでどのような手立てを思いつかれたのですか？〟

姫は興味津々《しんしん》で、訊かずにはいられなかった。

〝こちらで暮らしている者の利点は、ただ念じるだけで、どのようなところへでも自由自在に行くことができることです。駕籠《かご》も馬も日数も不要です。あなた様の夢力に似ていないこともありません〟

越前守の口調は抑えてはいるものの、自慢げであった。

〝たしかに〟

〝どこへでもというからには、場所だけではなく時をも越えることができます〟

〝そうでしょうね〟

〝ですので、罪を犯さぬよう取り締まることができます〟

〝罪を犯していない者をどうやって取り締まるのです?〟

〝それは、まあ――〟

越前守が口ごもったところでゆめ姫の目の前が一瞬真っ暗に閉ざされた。

〝しばし、わたくしと共に場所と時をお越えください。会っていただきたい者がおります〟

――これって、夢の中の夢?――

姫は心の中だけで呟いたつもりだったが、

――そうでございます――

越前守は応えた。

――残念ながらあなた様といえど何一つ隠し立てはお出来にならないのです――

——そうでしたね——

田畑が見えてきた。

畦道《あぜみち》が続いて田畑が広々と連なっている。青々と茂《しげ》る稲穂《いなほ》が風にそよいでいた。空は青く陽が惜しみなく降り注いでいる。土と草木、自然そのものの匂いが充ちていた。

——素晴らしい眺めね、市中ではないのでしょう？——

城の中にいては決して見ることのできない風景なだけに、いたくゆめ姫は感動していた。

——武蔵野《むさしの》にございます。ここいらは土が肥《こ》えていて、川が近いので作物がよく育つのです。先に申しあげましたがこの大岡、江戸近郊の農政にも関わっておりましてこちらにもよく出向いたものでした——

籠《かご》を背に鍬《くわ》を手にした農民たち何人かが通り過ぎて行く。皆真っ黒に日焼けしていて、笑顔と白い歯が眩《まぶ》しい。洗いざらしの野良着《のらぎ》姿ではあったが、身分を示す百姓髷《ひゃくしょうまげ》はきちんと結われていてこざっぱりしている。

籠の中には竹皮に包まれて一部がはみ出ている、拳《こぶし》よりも大きな握り飯も見えた。

——暮らしぶりもよいようですね——

姫はほっと胸を撫《な》で下ろした。

農民にはその村を束ねている名主を頂点に、本百姓と言われる土地持ちの大小の自作農がいる。そして、その下には、そうした自作農から土地を借りて作物を育て、お上に納める年貢だけではなく、借り賃まで育てた米や麦で払わなければならない小作人がいた。こ

の程度のことはゆめ姫も知っている。いつだったか、御側用人《おそばようにん》で姫が爺《じい》と呼んでいる池本方忠が、

「また百姓一揆《いっき》か、こんどもまた夏まで寒い奥州――、御法度の一揆は死罪と決められているが、このところの天候のせいで餓死を待つしかない、百姓たちは生きていても地獄ゆえ、ことを起こすのだろう」

あまり見せたことのない、これ以上はないと思われる暗い顔で独り言を呟いた。

これを聞いた姫が、

「その話、あまりに酷《ひど》いではないか。もっと詳しく話して」

方忠をせっついた。

「大奥でこのようなことをつい呟いてしまったとは、この池本、迂闊《うかつ》にして愚か者でございました。下々のお話ゆえ、姫様がお知りにならずともよろしいことでございます」

方忠は額に冷や汗を浮かべて躱《かわ》そうとしたが、ゆめ姫は許さず、農民たちの間にもある身分差や貧富、飢饉に見舞われると、最下層の小作人たちから、真っ先に娘を遊女として売るしかなくなったり、餓死者が出る等の悲惨な暮らしぶりをも聞き出していたのだった。

――さっきの人たちは到底そんな風に見えなかった。これで蓮《はす》の花でも咲いていたらまるで極楽ね――

すると一瞬の闇《やみ》の後、景色は大きな蓮池に変わった。数え切れない真っ白な蓮の花が清々《すがすが》しく咲き誇っている。

蓮の花は古来、慈悲の象徴である仏の有り難い御心を示すものとされていた。

――これはこの村の寛善寺《かんぜんじ》にある蓮池です。蓮の時季に時を戻してみました――

越前守の声が聞こえている。

――そなたはこの村の幸せをわらわに見せようとしているのですか？　だとしたら何のために？――

姫は越前守と有徳院が成し遂げようとしている、罪を犯さぬための策と見せている村の様子とが結びつかずにいた。

越前守は応えなかった。

その代わりに見えている蓮の花の白さが変わった。ぽたぽたと落ちる血の赤い滲《にじ》みがみるみる広がって真っ赤な血の色に染まっていく。池の水までもが血を流したかのようになった。

――これではまるで地獄だわ――

地獄には血の池があると信じられていたが、蓮の地獄花が咲く話は聞いたことがなかった。

越前守が応えぬまま、場面が変わり崖《がけ》に立つ若者の姿が現れた。

そこそこ整った顔立ちの若者の年齢は十九、二十歳《はたち》。様子は先ほどの農民たちと違っている。高価な紬《つむぎ》をさりげなく着こなしていて、大店《おおだな》の若旦那《わかだんな》と異なっているのは髷の形ぐらいのものであった。艶々《つやつや》した髷に土埃《つちぼこり》は付いていなかった。もちろん、姫の縁戚《えんせき》である大奥の若君たちほどではないが肌も白い。

――名主さんの息子さん？――

――そうです。名字帯刀を許されている大庄屋《おおじょうや》森田《もりた》家の嫡男《ちゃくなん》、曾太郎《そたろう》です――

――なるほど――、でも、この男――

――どうやら、ここから飛び降りて死のうとしているようですね――

越前守はしらっと言ってのけた。

――止めないのですか？　それとも、この人には、人を殺《あや》めてしまい、捕まれば死罪になって家名に傷をつけてしまうどころか、一族郎党連座の罪に問われるとか、どうしても死ななければならない理由でもあるの？――

越前守はまた応えなくなった。

仕方なく、

〝曾太郎さん、曾太郎さん――〟

ゆめ姫は声を張って話しかけた。

〝誰？〟

曾太郎の目は崖の下を見つめたままだった。

〝通りがかりの者です〟

〝ああ――〟

曾太郎は見下ろしていた崖下から顔を上げて姫の姿を見据えた。

〝村に旅芸人の一座が来てるんだな、演《だ》し物は姫様ものかい？〟

曾太郎はぞんざいな口調になった。

——人を見た目で決める男なのね、まあ、大庄屋の後継ぎなんだから偉いんでしょうけど、あまりいい感じじゃないわ。それにしても、わらわの姿、見えてるんだわ。けれど、どうして大奥にいる時の形《なり》をしてるのかしら？——

——まさか、寝巻のままのあなた様を見せるわけにはまいりませんし、正直、わたくしはあなた様のようなご身分のお方が、町娘の形をされて市中におられるのはいかがなものかと思っております。姫様の形の方がずっとお似合いです——

越前守が姫の心の中での問いに応えた。

——でも、この男はわらわのこの姿を旅芸人の装束だと思ったのではないの？——

——そんな浅はかな奴だから、死のうとしているのです——

越前守は相変わらず冷たい、突っぱねた物言いをした。

——そうだった、この男は死のうとしてるんだった、何としても止めなくては——

〝是非、あたしの舞台を見に来てくださいな〟

ゆめ姫は旅芸人を装うことにした。

〝無理だよ〟

曾太郎の目はすぐにまた崖下を見つめている。

〝俺はもう死ぬんだから〟

〝まあ、死ぬんですって？〟

姫は大げさに驚いて見せた。

〝そうさ、死ぬのさ〟

〝その若さでどうして？〟

〝この若さだから死ぬんだよ〟

〝わからないわ〟

〝旅芸人風情《ふぜい》の頭じゃ、わからねえだろうな〟

曾太郎は相手に向かってひややかなせせら笑いを浮かべた。

〝教えてちょうだいよ〟

〝俺は生まれついての大庄屋の倅《せがれ》、この世で一番偉いっ‼〟

〝そうだよね〟

――まあ、何という自惚《うぬぼ》れようなのでしょう――

姫の心のため息に、

――ものを知らないということは恐ろしいことです――

越前守が同調した。

〝女に逃げられた。しかも相手はお春《はる》てえ小作の娘。父親は早くに死んでいねえ。この近隣の娘たちの中で、お春以上の別嬪《べっぴん》はいなかった。母方の祖母《ばあ》はどこぞの岡場所から逃げてきた女郎で、ここへ辿り着いて小作の一人と所帯を持ったんだ。不思議にそのお春の祖母は野良仕事をし続けても、死ぬまで美しく老けなかったんだと。お春はそんな母方の祖母に似ているのだと皆が話していた。俺はお春に一目ぼれした。両親だけではなく、親戚縁者まで反対したが、俺は嫁はお春でなければ絶対嫌だと言い張り、やっと祝言の日取りも決まった。ところがあろうことか、お春が同じ小作の権吉《ごんきち》と手に手を取り合って逃げてしまったんだ〟

そこで一度曾太郎は眉《まゆ》を吊《つ》り上げ、こめかみをひくつかせた憤怒の面持ちで言葉を切った。

五

〝失恋は辛《つら》いけど、あんたはまだ若い。死ぬなんて考えないで。この先、お春さんにも増して心惹《ひ》かれる相手と出会うことだって、きっとあるに違いない――〟

思わずゆめ姫は口走っていた。

――これだけのことで死を選ぶなんて――

越前守に同調をもとめたが相手は応えなかった。

〝両親はいくつもの村で、俺の気に入りそうな評判の美人を探させている〟

〝そんな一人にまた、心惹かれるかもしれないじゃない？〟

――男は世継ぎが沢山生まれても、なお、側室の数を増やしている父上様も含めて、とかく多情なものだもの――

――たしかに、とかく多情な男の方がまだよいこともありますね――

越前守がややわかりにくい物言いをした。

――あら、わらわは男の浮気癖をよしとしているわけではないのですよ――

姫は御台所三津姫の常に心晴れない様子を思い浮かべて痛ましく思った。

すると、突然、また闇が訪れて場面が変わった。

闇の中から血の匂いと呻《うめ》き声がした。

まずは首筋や腹を斬《き》りつけられた中年の夫婦の無残な姿が目に入った。

寝巻姿の二人は布団を朱に染めて仰向けに倒れている。

女の方は顔が瓜実《うりざね》型、男は鷲鼻《わしばな》の持ち主で、さっきまで目の当たりにしていた曾太郎の顔と鼻に酷似していた。深傷《ふかで》を負いつつ苦しんでいるのは大庄屋夫婦とわかった。

次に曾太郎の姿が迫った。

戦国武士が着るような甲冑《かっちゅう》に身を包み、鉢巻《はちまき》をしめている。兜《かぶと》にぐるりと点《とも》した蠟燭《ろうそく》を紐《ひも》で動かないようにしていた。そのあまりの眩しさに圧倒されて顔を見るのが後になった。

曾太郎はその両目をギヤマンのようにぎらぎらと光らせてはいたものの、顔全体は青くむくんで無表情だった。手には血を滴《したた》らせている刀を持ち、背中には鉄砲を背負っている。

姫の心は恐怖で埋め尽くされた。一瞬ではあったが思考が完全に停止した。両親が息絶えると、曾太郎はその部屋を出て、すでに斬り殺されていた多数の奉公人たちの屍《しかばね》を踏んで勝手口から外へと出た。

それから先は思わず、何度も顔を伏せずにはいられない阿鼻叫喚《あびきょうかん》の連続であった。

きゃあああっ

うわあっ

助けてくれええ

誰かあ——

曾太郎は小作の家々を廻って、踏み込んでは斬りつけ、逃げようとする者たちを鉄砲で撃った。

女や子どもも容赦なく殺していった。

——いったい、いつまでこんなことが——

姫の心に曾太郎への怒りと、殺された村人たちへの悲嘆がこみ上げてきた。

——後世には釜形《かまがた》村の五十五人殺しと伝えられます——

——どうして、こんなことが起きたの？　あの曾太郎さんがこんなことまでしでかすとはとても考えられない——

——これはあなた様が曾太郎と話をされてから、十年後のことです。曾太郎は親の勧める相手と夫婦になって、二人の男の子にも恵まれました——

——だったら、どうして？——

——わたくしにも理由はわかりません。ただ、わかっているのは、あのまま曾太郎が死なずにいたら、十年後にこのような惨劇が起きてしまうということだけなのです——

――まさか曾太郎さんは妻や自分の子まで手にかけたのでは？――

――あえてお見せしませんでしたが――

すると一瞬、衝撃の場面が閃光《せんこう》のように見えた。曾太郎の妻と思われる見目形のいい女が、子ども二人を抱き寄せて庇《かば》いつつ、膾《なます》のように斬りつけられた挙げ句、共に血みどろになって息絶えていた。

――このような人とは思えぬ悪行をなす者がいるとは、とても信じられないわ――

そう呟いたところで、ゆめ姫は再び、崖の上に立っている曾太郎の背中を見ていた。曾太郎は一歩、二歩と前へ踏み出して行く。

――このままでは――止めなければ――

そうは思うのだが、

――でも――

先ほどの悪夢のような凄惨《せいさん》な光景がまだ生々しく、咄嗟《とっさ》に止める言葉が出なかった。

――それでよろしいのです――

越前守が告げた。

そして、

〝行くのだ、おまえの思いのままになる世へと旅立つのだ。さあ、飛べ、思い切り飛ぶのだ〟

曾太郎の耳元で囁《ささや》く老いた越前守の姿がはっきりと見えた。

〝わかった〟

応えた曾太郎が草履《ぞうり》を脱ぎ捨てて前へと大きく跳ね飛んだ。

次に二人は、頭を強打し血を流して俯《うつぶ》せで死んでいる曾太郎を前にして立っていた。

〝人に罪を犯させぬようにする策とはこれだったのですね〟

姫の口調には非難がこめられている。

〝左様でございます〟

〝曾太郎が崖から飛び降りて死ぬよう心を操ったのでしょう？〟

〝はい、曾太郎はこのわたくしを来世に君臨する大明神の使者であると、たいそう崇《あが》めてくれておりましたので〟

〝来世大明神は有徳院様？〟

〝もちろんでございます〟

〝このような策、たとえ有徳院様のお考えといえども得心がいきません〟

ゆめ姫はきっぱりと言い切った。

〝なにゆえに？〟

〝曾太郎の命を奪ったからです〟

〝曾太郎を生かしておいたら、どれほどの命が奪われるか、ご覧になられたはずです。曾太郎一人に死んでもらって、悪の芽を摘んでさえおけば、死ななくていい村人たちの沢山の命が救われるのですよ〟

〝それでもわらわは、まだ罪を犯してもいない者の命を奪うのは賛成できません。このようなやり方は御定法《ごじょうほう》にも反します。有徳院様にもそのようにお伝えください。わらわは夢の外へ戻ります〟

そこで姫がくるりと背を向けると、

〝少し、お待ちを〟

越前守が引き留めて先を続けた。

〝まだお見せできていない策もございます。これについては、大奥にほとんど立ち入らず、内情に不案内な上様も大変お悩みのご様子で、是非とも姫様のお考えを伺って、お伝えしたいのですが――〟

〝もうしばらくはその手の策を見せつけられるのは結構。堪《た》えられません〟

追いすがる越前守を振り切ったところで、急に眩しさを感じ、気がつくと姫は夢から覚めて朝日の中にいた。

悪夢を見た朝の常で肩が張って首が痛かった。

藤尾を呼んだが、頭痛もしてきて、着替える気力もなく床に入ったままでいると、

「また、よくない夢を見られたのですね？」

察した藤尾が凝っている肩と首を丁寧に揉みほぐしてくれた。

「近頃になってやっと、姫様の具合の悪い時は召し上がり物の工夫よりも、まずはこれだ

とわかりました。これでもわたくし、生家では祖父母に可愛がられてましたから、肩揉みは上手なのですよ」

「なるほど。ありがとう」

身体が楽になったところで、ゆめ姫は見た悪夢の話をした。

「まあ、名奉行だったといわれている、大岡様とお会いになったのですね」

藤尾は大岡越前守忠相の名を聞いて目を輝かしたが、

「ああ、お会いになったのはお爺さんになってからの大岡様だったのですか――」

がっかりした証に大きなため息をついたものの、

「最後にあの世の大岡様は大奥を持ち出して、姫様を夢の中に引き留めようとなさったのですね。となると――」

急いで懐から文を取り出した。

「浦路様からにございます。朝早くに届いたものですが、姫様はまだお休みでしたので、今まで忘れておりました」

「どうせまた、帰って来るようにと言ってきているか、お説教だと思ったのでしょう？」

姫はくすっと笑い、

「申しわけございません」

藤尾は釣られて吹き出しそうになるのをやっとの想いで堪《こら》えた。

浦路の文には以下のようにあった。

六

姫様、紅葉の折には慌ただしくお帰りになられましたね。今は亡きお玲のことでお世話をおかけしてしまった段、お詫《わ》び、御礼を申し上げようと思っていたのですが――。

この文を借りてお玲の冥福《めいふく》を祈りつつ、深く御礼申し上げます。

実は大奥に奇妙な出来事が起きています。それはお加恵《かえ》と申す御末頭《おすえがしら》の身の上に起きていることなのです。御末頭になるだけあってお加恵は大変な働き者です。朝は誰よりも早く起きて、夜は皆が寝静まってから休むのです。父親は宮大工の棟梁《とうりょう》です。大きな赤子で生まれたせいか、身体が丈夫なのでしょうが、本人の心がけもたいそうよいのだと思います。

このお加恵に難儀が降りかかっておるのです。まずは、突然転んで足を傷めました。近くに大きな石があったので悪くすれば頭を打っていたところですが、お加恵は少々肉付きがいいのでそのせいもあるのでしょう、この時はまだ誰も奇妙だとは思いませんでした。

次は井戸端で水汲《みずく》みをしていた時です。汲み上げた釣瓶《つるべ》がぷつりと切れて前のめりになり、危うく落ちてしまうところでした。あまりないことですが、本人は「わたしの悪い頭には石が詰まっていてきっと重いのですよ」としごく暢気《のんき》でした。

三度目は皆が思わず息を呑《の》みました。というのは、このところ肌寒さが続き、各部屋の火鉢で火を熾《おこ》すようになってきているのですが、お加恵が火箸《ひばし》でよく熾《お》きている炭火を摑《つか》んで目の前の火鉢に入れようとしたとたん、どこからともなく疾風《しっぷう》が吹き込んで、炭火がお加恵へと襲いかかってきたのです。その様子は真っ赤でさえなければ獰猛《どうもう》な猫か犬のようだったと見ていた者たちは申しております。

これを躱したお加恵は右手に火傷《やけど》こそ負いましたが命は無事で、水桶《みずおけ》を持って駆けつけた者たちが懸命に消し止めたので、一畳ばかりの畳と襖《ふすま》一枚の取り替えで済みました。

この時から大奥では〝物の怪《もののけ》〟、〝祟り〟という言葉が囁かれるようになりました。わたくしはお加恵を呼び、思い当たることはないかと訊《たず》ねました。御末たちの間では他の御末たちに辛く当たったり、虐《いじ》めや折檻《せっかん》が密《ひそ》かに行われていたことも過去にはございました。

御末たちは始終くるくると立ち働いていて、市井では殿方の仕事とされている薪割《まきわ》り等も、男子禁制ゆえにこなさなければなりません。それらが堪えて弱い者同士が労《いたわ》り合うのではなく、とかく虐め合うのです。折檻は虐めの極みです。

お加恵の人柄の良さは衆目の一致するところでしたが、お役目には自他ともに厳しく、人知れず仲間たちに恨まれていたのかもしれないとわたくしは思いました。

『覚えはございません』と、お加恵はきっぱりと言い切りましたが、さらなる証を得るために、何人かの御末たちに訊ねました。

「お加恵様に限ってそんなことなさるはずもありません」

異口同音に申しました。

そうこうしているうちに四度目が起きました。西の丸の屋根に異状がないかと調べていたお加恵が、いつの間にか屋根の端に立っていたのです。その姿は自ら落ちようとしているように見えたとのことです。

お加恵を助けられたのは、わたくしがお加恵を守る者を二人、御末の中から選んで付けていたからです。二人は急ぎ、梯子《はしご》を用意し、落下しようとするお加恵を後ろから羽交い締めにして止めたとのことでした。

わたくしはお加恵を呼んでこの時のことを聞き糺《ただ》しました。お加恵は覚えていないと言って青ざめているばかりでした。覚えているのは屋根を見上げていたところまでだそうです。

五度目は最悪でした。

お加恵が池に嵌《はま》って溺《おぼ》れかけたのです。やはり、気がついて助けたのはわたくしが命じていた者たちでした。

これについてお加恵は泣きながらこう申しました。

「恨みをかった覚えは微塵《みじん》もないと思っていましたが、こうしばしば悪い事が起きるのは、ひたすらわたしの至らなさだと思うようになりました。きっと自分の知らない間に恨みをかっていたのだと思います。忠義を誓って大奥にあがったのですが、こんなことばかり起きていては、大奥でのお役目に生き甲斐《がい》を抱いていただけに、わたしごときのために警固をおつけいただくなど、かえってお邪魔になるばかりだと、悔恨しておりま す。どうか、お許しくださいませ」

というような事情にございます。

本来は御台所三津姫様にご相談申し上げるところなのですが、姫様もよくご存じのように、何人もの姫様を亡くされておられる御台様に、物の怪の悪さのようにも見えるこの手の話は、お辛すぎるのではと遠慮いたしております。

物の怪も霊の一種で、御台様は早くに旅立たれた可愛い姫様たちの霊のように、どの霊も善なるものと信じたいご様子なので――。このところ、寒さと共にお身体も御弱りのご様子ですので、お身体に障ってはいけませんし――。

もっともわたくしは物の怪などに怖じ気づいてはおりません。

ただ残念なことに姫様のように、夢の中で相手と渡り合うことができる力はございません。

お願いでございます。

どうか大奥へお戻りくださいませ。

そして可哀想《かわいそう》なお加恵に降りかかっている難儀の真相を白日のもとに晒《さら》し、物の怪を退治していただきたいのです。

物の怪などが大奥を跋扈《ばっこ》していては、皆の心が落ち着かず、さらなる大きな禍《わざわい》が降って来ないとも限りませんゆえ――。

浦路

ゆめ姫様

ゆめ姫はこの長い文を藤尾に渡した。

「娘時代にあった恋の恨みということはないかしら？」

姫がふと洩らすと、

「まさか」

藤尾は一笑して、

「浦路様が書かれていたように、人柄もよくお役目熱心なお加恵は、男にしたいような大女で良き恰幅《かっぷく》です。『娘の頃、大真面目《おおまじめ》に女相撲取《おんなすもうと》りになろうと思ったのです。でも、お城に出入りしてるおとっつぁんが、おまえのことを風の噂で聞いた大奥総取締役の浦路様が、是非とも大奥の強い守りにとおっしゃってくださった、大奥へ奉公にあがって、父娘《おやこ》で忠義を尽くさないかって涙ぐんだのが胸に響いて今、こうしているのです。うちは娘一人で男の子がいないから、わたし、男になったつもりでお役目に励むことにしたんです。不満はありません。結構性《しょう》に合ってるみたい』なんて言っているのを、大晦日《おおみそか》ならではのおゆるこ（お汁粉）食べ放題の折に耳にしたことがありました。もちろん、お加恵のおゆるこを平らげる勢いときたら、目にも留まらぬ速さでしたけど——。お加恵に恋の恨みは似合いません」

真顔で言い切った。

「そうなると、もしかして――」

ゆめ姫の言葉に、

「ええ、そのもしかではないかと思います」

藤尾は大きく頷《うなず》いた。

「大岡越前守忠相」

二人は同時に同じ名を口にした。

「でも、どうして、大奥の守りとして非の打ち所のないお加恵がこの先、罪を犯すのです？」

藤尾は頭を傾《かし》げた。

「それを是非とも越前に訊いてみなくてはなりませんね」

「お加恵にこれ以上何かあったら、たまらない気がいたします。きっと大奥の皆も同じ気持ちです。姫様、どうか大岡様をお止めしてくださいお願いいたします」

珍しくかしこまって藤尾は畳に手をついて頭《こうべ》を垂れた。

ところが、

「いかがでございましたか？」

翌朝様子を見に来た藤尾に、姫は無言で頭を横に振った。

「それが昨夜はぐっすり、申しわけないほどよく眠れたのよ」

「そういえば、お顔の色がとてもよろしいです」

藤尾は軽い失望を感じつつも自然に口元が綻《ほころ》んだ。

──お加恵には気の毒だけれど、久々にお元気そうな姫様をお見受けするのはやっぱりうれしい──

この時藤尾には見えなかったが、大きな檜《ひのき》の柱の表面が盛り上がり始めた。

──ゆめ殿、わたしです──

──ああ、慶斉様、おはようございます──

──それにしても越前とやらはなかなか手強くて難儀しました──

──あら、わらわの夢に訪れてくださったのですね？──

──正確にいえば、夢の中の檜から檜に移っていました。あの越前ときたら、わたしが檜を見つける前に伐《き》ってしまうので、なかなかあなたに近づくことができず、いつも遠目で見ていただけでした。ただし、耳は鼻同様群を抜いていいので、おおよその話は聞かせてもらいましたが──。あなたが言う通り、わたしも、あの世の越前や上様が前もって先の出来事を知り得ているがゆえに、罪を犯させぬよう当人の心を操って自害させ、殺してしまうのは肯《が》じ《え》えません。それは裁きではなく、ただの殺しだからです──

檜の柱に宿った慶斉の顔が言い放った。

七

――お加恵なる御末の命を取ろうとしている越前を止めなければ、権現様が定め、代々の将軍が改善を加えて綿々と続いてきた有り難い御定法に反することになります。それにはまずあなたに夢で越前に会っていただかなくては――

この夜、慶斉はゆめ姫の部屋の檜の柱に顔を見せ続けていた。

――あの――

姫は顔を赤らめた。

――わらわは着替えが――

すると慶斉の顔も真っ赤になって、

――檜風呂《ひのきぶろ》にでも移っておりましょう――

柱からさっと退散した。

しばらくして戻ってきた慶斉に、

――お屋敷でのお役目の方はよろしいのですか？　将軍職継承の目が出てきて微妙なお立場ゆえにお客様も多いのでは？――

姫が案じると、

――度重なる心労で早々に質《たち》の悪い風邪《かぜ》を引いて臥《ふ》せっていることになっています。布団の上に暢気に身を横たえているでしょう――

柱の顔は苦笑いした。

――それならよろしいのですが――

姫は慶斉のためにも、早く寝付いて夢を見たいと思っていたが、皮肉なことになかなか寝付けないでいた。

――困りました、駄目ですわ――

ゆめ姫がふうとため息をつくと、

――緊張が過ぎるのでしょうね。ならば、少しわたしが徳川の世についてお話ししましょう。ほぼきっと退屈なので眠たくなるはずです――

こうして慶斉は徳川の世について話し始めた。

――権現様つまり家康公による江戸開府、徳川の世の始まりは慶長《けいちょう》八年（一六〇三）です。二年後の慶長十年に二代様、台徳院《たいとくいん》（秀忠《ひでただ》）様に将軍職を譲られました。慶長十九年、大坂冬の陣で大坂城を攻め、翌慶長二十年（一六一五）、大坂夏の陣にて宿願を果たし豊《とよ》臣《とみ》家を滅亡させせました――

そこで一度柱の顔は言葉を切ったが、姫は興味津々の様子で聞き入っている。

――そういう政や勇ましいお話は殿方だけがするものということになっていて、大奥で聞くことなどありませんでした――

――そして、同じ年に全国津々浦々に城を構えている大名たちを束ねるために、武家諸法度を定められて、諸大名の力を抑え、秩序を整えて、徳川の世の基盤を造られたのです。この翌年、権現様は七十五歳で亡くなられました――

――長生きでいらしたのは存じています、ずっとお元気で、死の因が好物の鯛《たい》の天麩羅《てんぷら》だったというのは少々残念のような気もしますが、本望でらしたとも思われます。幸せな往生でしたでしょう。あの世からもわらわにお役目を課してくださるのですもの、あちらでもとてもお元気なのだわ――

慶斉は先を続けた。

――寛永年間に入ると、三代大猷院様の治世です。寛永十一年（一六三四）大猷院様は長崎に出島《でじま》をつくり、鎖国中の日本でただ一つ、異国と交易のできる港となさいました。阿蘭陀《オランダ》だけを許し、西班牙《イスパニア》を追い出したのはバテレンの教えが浸透していた国だからでしょうか？　また、豪腕だった家光様はすぐに武家諸法度を強化し、参勤交代制を制度化しました。バテレンの教えの禁止の徹底ゆえの厳しい詮議《せんぎ》と貧窮に耐えかねて、天草四郎《あまくさしろう》が幕府に闘いを挑んだのは寛永十四年（一六三七）のことでした。わたしは大猷院様はたいしたお方だと思いますが、沢山の同士を殺されたバテレンたちにとっては、これ以上はないと思われる悪政だったでしょうね。ゆめ殿、いかがです？　そろそろ眠くはなってきませんか？――

――寛永年間……――

どこかで聞いたことがあるような気がした。燃えるような赤さの中に寺が建っていて、そして――

――その頃、もうすでにあった紅葉が綺麗なお寺で越前と会ったような気がする――

そう思い出したとたん、ゆめ姫はすとんと夢に落ちた。

〝そうそう、初めてお会いしたのはここでしたな〟

越前守とは紅葉の赤さの中で向かい合っていた。

〝曾太郎の一件でお腹立ちになり、見限られたと思っておりました〟

〝話があります〟

姫はお加恵の話を切り出して、

〝物の怪の正体はそなたですね〟

ずばりと切り込んだ。

〝左様でございます〟

〝お加恵は曾太郎とは違います。あの働き者で心映えのよいお加恵がこの先、いったい何をしでかすというのです？〟

ゆめ姫の物言いは詰問調になった。

〝わたくしの志の根底にあるのは徳川家への忠義忠誠なのです〟

越前守はやや声を張って、

〝姫様に止められるものなら、お止めになってごらんください〟

挑戦的な物言いをした。

次の瞬間、すぐ目の前でお加恵と思われる、大柄な女が葉が黄色く色づいている銀杏の木々を見上げていた。

〝ここはお城の銀杏通りね〟

ふと呟いてみたが、越前守からは何も返って来ない。

お加恵は思いつめた目をしている。麻縄を手にしていた。麻縄を結んで人一人の頭が入る程の大きさの丸い輪を作ると、立っている場所から二番目に近くに張り出た枝めがけて投げ上げた。

銀杏の枝から下がった丸い輪がぶらりぶらりと揺れている。お加恵が何をしようとしているかはもう明らかであった。

〝お加恵さん〟

話しかけてみた。

お加恵は応えず、じっと投げた丸い輪を見つめている。

〝お加恵さん、お加恵さん〟

大声を上げると、ぎくりとしたお加恵は輪のある枝めがけて猛然と銀杏の木を登り始めた。大きな身体に似合わず敏捷《びんしょう》そのものであった。もう少しで手が届こうとした時、足が滑って身体の均衡《きんこう》が崩れた。

お加恵の身体はずるずると地上に滑り落ちた。

――よかった――

姫がほっと安堵するのもつかのま、どこからともなく、越前守が姿を見せてお加恵の耳に囁いた。

〝道具小屋〟

――道具小屋？――

ゆめ姫が越前守の意図をわかりかねていると、お加恵が銀杏通りと反対の方向へと疾走して行った。大奥の守りに見込まれただけあって走りも速い。

姫の方は念じ続けて庭の裏手にある道具小屋の前でお加恵に追いついた。

お加恵は道具小屋から梯子を出してくると、軽々と肩に担いでまた走り出した。さすがにこの時は姫の念じの効き目が大きく、先に元の銀杏の木の根元に戻って、風に揺れる丸い輪を見つめていた。

――あれさえ無くしてしまえれば――

そうは思っても、ゆめ姫にあるのは夢力であり、歯がゆかった。

お加恵は道具部屋から運んできた梯子を銀杏の幹に立てかけた。草履を脱いで揃《そろ》えた後、梯子の段を上って丸い輪へと近づいていく。

――ああ――

姫が絶望のため息を洩らしたその時、丸い輪が掛かっている枝元のすぐの固いはずの幹が、まるで樹皮の下に小動物でも棲《す》まわせているかのようにもこもこと動いた。

やがて慶斉の顔が現れた。

――せめて手があってくれたら――

するとどうだろう。

慶斉の鼻がむくむくと伸び始めて、初め、先端が銀杏の葉のようになり、やがて幼子の手にも似た紅葉の葉に変わって大きくなった。紅葉の葉の形に伸びたその鼻が丸い輪の掛かっている枝へと向かっていく。

今、まさにお加恵は丸い輪に頭を通そうとしていた。

――慶斉様、頑張って――

お加恵が輪の中に頭を入れる寸前、慶斉の紅葉の手が輪を握って、力任せに放《ほう》り投げたのとはほとんど同時であった。

お加恵は呆然《ほうぜん》としていた。

慶斉の紅葉型の鼻がお加恵には見えないので、どうして麻縄の丸い輪が消えたのかわからないのだ。

〝なにゆえ、このようなことが――〟

お加恵は声に出して呟かずにはいられなかった。

〝神様の思《おぼ》し召しですよ〟

ゆめ姫は銀杏の木の下から応えた。

〝ほんとうに？〟

念を押すお加恵に、

〝ほんとうです。ですからあなたはもう死んではいけません〟

姫は凛《りん》とした声で言い切った。

〝あなた様もなかなかやりますな〟

越前守の声が聞こえている。

八

——今後一切、お加恵には手を出さぬように——

伸びた鼻を元に戻した慶斉の顔が越前守を睨んだ。

〝これはこれはいずれは将軍職にと呼び声の高い御三卿《ごさんきょう》の慶斉様〟

越前守は恭しく臣下の礼を取って、

〝あなた様がここに来られていて、あのようなやり方でお加恵の命を救われたのは、徳川の世の行く末を案じる権現様の思し召しかもしれませんぞ。あなた様の徳川宗家への想い、伺った権現様や大猷院様のお話しぶりでしかとわかりました。今は次期お世継ぎの一人と見なされていても、徳川のお家の来し方を書いた文書を紐解《ひもと》く若君たちはおりません。皆様、とにかく虚弱で教える立場の者の朗読を眠たげに聞いておられるだけです。頭にも入らず、ご先祖様方の獅子《しし》奮闘ぶりに心を打たれる様子もないのです。その点、あなた様はあそこまで読み込まれておられる。バテレン側の事情さえ察していて、政の非情さもよくおわかりです。いやはや、感服いたしました。あなた様のことはあの世に帰って上様にもお伝えいたします。ご案じなさいますな、この大岡、お加恵が起こす先の禍事《まがごと》のためとはいえ、その芽はもう摘むまいと決めましたから。これでよし、これでよし〟

ふっと笑って姿を消した。

〝何でしょう？　お加恵がこれから先に起こす禍事って？　そして、それが起きてもいいと越前が考えたのは、徳川の家の来し方に通じているあなたを讃《たた》えてのことのようでしたけれど――。それとお加恵との関わりは皆目見当がつかないわ――〟

ゆめ姫が頭を傾げると、

〝ともあれ、わたしはこの先お加恵が無事だとわかってほっとしています。あの大岡越前なのですから、嘘《うそ》だけはつかぬものと信じたいですからね。ところで、死者の霊である越前には先も前も何もかも見通せるのでしょうね？〟

慶斉は真剣な面持ちで相づちを促した。

〝そのように聞いています〟

〝だとしたら――〟

〝ああ、そうだわ〟

〝越前に頼めば、わが友松原寿右衛門の一件とて真相を摑むことができるのでは？〟

〝それはそうですけれど〟

越前守の霊には毅然《きぜん》とした、どこか人を寄せ付けない厳しさがあった。

〝越前が一方的な自分の理を押し通す、頑固者だとはわかっています〟

〝そうなのです。自分のやり方は是が非でも通しても、こちらの願い事など聞く耳持たぬのではないか――〟

〝重臣たちによる裁きの日は迫っているのです。松原寿右衛門がお上から拝領していた屋敷を燃やした理由が、乱心ゆえだけだったと見なされれば、重罪と断じられ、松原家は断絶、新井三郎太をはじめとする家臣たちは路頭に迷います。頼んでみてください、お願いです〟

〝わかりました〟

〝あなただけが頼りです〟

そう慶斉が頭ではなく鼻を下げたところで、姫は自分の部屋で檜の柱を見つめていた。姫は微睡《まどろみ》から覚めた。

——果たして力を貸してくれるかどうか——、その代わり、悪の芽の摘み取りに加わってほしいなどと言われたら困るし——

やや困窮した想いでいると、

廊下に藤尾の気配があった。

「姫様、姫様」

「お入り」

障子を開けて立っている藤尾の顔は蒼白《そうはく》であった。

「これは大奥の御広敷《おひろしき》用人様から御広敷番頭を経た、御台所三津姫様からの御言伝にございます。『裏庭にて倒れたお加恵の赤き病、いよいよ黒く重く、七ツ口は期限を定めず閉門とする』とのことです」

「なんですって？　何が起きたと言うのでしょう。七ツ口は大奥で唯一城外につながるところ。そこを閉じるとは、お加恵の赤き病とは？　まさか――？」

姫は戦きを隠せなかった。

「爺や浦路も承知の上のことでしょうけれど――」

方忠と浦路から連名の言伝が届いたのは、昼を過ぎた頃であった。藤尾がそれを伝えた。

「『大奥同様、上様の命により城の全《すべ》ての門を閉じる。何人たりとも出入りは禁止する』とのことです」

――理知的で賢明な御台様だけではなく、普段、新顔の美人が大奥に入ると入り浸《びた》って寵愛《ちょうあい》したり、道楽三昧《ざんまい》に耽《ふけ》っている父上様も、逃げ出したりせずに、お覚悟を決められたのだわ――

姫は久々に老いた父将軍の迅速な計らいを頼もしく感じた。

――それでこそ、わらわの父君――

「御台所様との違いはお加恵の病のことが書かれていないことね」

「赤き病とは疱瘡《ほうそう》のことでしょうか？」

疱瘡（天然痘《てんねんとう》）は死に至ることもある病の一つであった。疱瘡を起こす神は、犬や猿、赤色を苦手とすると考えられていた。それゆえ、多くは子どもである患者に、赤い帽子を被《かぶ》せたり、着物を着せたり、枕元《まくらもと》に赤い犬の張子や絵、猿の面などがお守りとして添えられた。

疱瘡に打ち勝つか否かは発症後十日が山場で患者それぞれの体力次第であった。

「疱瘡って、二度も罹《かか》るものでしょうか？　お加恵はあばただったんですよ。聞いた話では、あの女《ひと》らしく、『わたしに赤い色なんて似合いっこないんだけど、大甘のおとっつぁんが、腰巻きや足袋まで赤で作らせてくれたおかげなんだか、熱があっても、もりもり食べられたのよね。だから今でも顔のあばた付きでこの通り、女相撲取り並みなのよ』なんて申していて、全然気にしていなかったみたいですけれど、これって、やっぱり疱瘡ですよね？」

藤尾は首を傾げた。

顔のあばたは疱瘡に罹った証であった。世では経験上、疱瘡に一度罹ると二度は罹らないと言われている。ちなみに、このあばたを皆がしごく気にしていたとしたら、多くの恋の成就や婚姻は実現していなかったろう。

「黒く重くとあるのがそれなのではないかしら？　疱瘡という病にも種類があって、黒く重いと感じさせるほど、お加恵の罹った疱瘡は酷いものなのではないかと――」

「城中に交替で詰めているはずの医者たちは何をしているのでしょうか？」

藤尾は苛立《いらだ》った物言いになり、

「一度疱瘡に罹った者がもう一度罹ったとなると大慌てで、なす術《すべ》もないのではないかしら？　お医者たちだってお城から出られないのだもの、そう、あしざまにいうのは気の毒です」

ゆめ姫はさらりと窘めた。

——誰がどうのと責めるよりも、今は疱瘡についてもっと正確なことが知りたいわ——

「中本尚庵《なかもとしょうあん》先生をお呼びしなさい」

中本康庵《こうあん》、尚庵親子は二代にわたり、池本家の主治医であった。姫も池本家にいて熱を出した折に、今は亡き先代に代わった息子の中本尚庵に治療を受けたことがあった。尚庵は先代と血がつながっていない養子だったが、若き尚庵の医療への情熱と患者を思いやる心は、患者たちに慕われた養父と同じか、それ以上と見受けられている。

「はい、すぐ」

藤尾が応えて部屋を下がってほどなく、

「姫様、まだ使いを出しておりませんのに中本先生がまいられました」

部屋の障子を開けた藤尾がおろおろと告げた。

「お邪魔いたします」

尚庵はすでに藤尾の後ろに立っていた。

——ああ、これは——

尚庵の冷静そのものの目に、ごく僅《わず》かではあったが畏敬《いけい》の色が仄見《ほのみ》えた。

——わらわの身分を知っている——

尚庵はゆめ姫を池本家縁者の娘だと思っているはずだった。

「どうぞ」

姫は促し、

「この者との間に隠し事はありません。何かの役に立ってくれるかもしれません。一緒に先生からお話を聞かせていただきます」

藤尾に同席を許した。

「今日早朝、奥医師のお役目にて千代田のお城に詰めている作田《さくだ》玄道《げんどう》先生より、文が届きました。持参したのは御広敷番の手の者で、読み終えたら燃やすようにと書かれていましたので、その通りにしました。しかし、しっかりと頭に刻み込みましたので、今より、その文の中身をお伝えいたします。『大奥の御末頭お加恵が疱瘡に罹るも、すでに罹患治癒《りかんちゆ》しているにもかかわらず、予断を許さぬ状態となり、長崎から入って下ってきた新たな疱瘡種、黒疱瘡の疑い濃し。今のところ、人の出入りを無くすしかないと進言する以外処置なし。疱瘡による患者の診療に当たって、極めて的確な処置を行い、数人しか死者を出さなかった、今は亡き御父上から知識を受け継いでいるであろう、尚庵殿のお力をいただけぬものか』、そうあったのです」

ここで一度中本尚庵は言葉を切った。

九

「なにゆえ、わたくしのところへおいでになったのです?」

ゆめ姫は訊かずにはいられなかった。

「文には続きがございました。『八丁堀岡崎町の夢治療処にまいられよ。そこには将軍家の御息女が身分を秘し、成仏できぬ霊たちのために、備わっておいでの夢力で死の真相を突き止め、供養に精進しておられる。恐ろしく進行の速い疱瘡の市中への流行を止めるために、上様、御台所様の御決意で千代田の城は閉められてしまった。ご英断ではあるが、これから上様を始めとする我らはどうなるのか？　かのゆめ姫様なら、夢で我らの今の様子や先行きを見当ててくださるのではないか。もはや、頼みの綱はゆめ姫様と貴殿をおいて無い』と。文は以上でございました」

伝え終えた尚庵は畳の上に両手をついて、

「存ぜぬこととは申せ、今までの非礼、ご無礼の数々、どうかお許しください」

深々と頭を垂れた。

「今は詫びてもらっている猶予《ゆうよ》などありません。どうか頭を上げて」

姫は頭を上げた尚庵に、

「そなたを養父譲りの、疱瘡に通じている医師と見込んで、是非とも訊きたいことがあるのです」

相手の目を見据えた。

「何なりと」

「疱瘡で亡くなる者がいることは知っております。けれども、たいていは麻疹《ましん》ほどではないにせよ、誰でも罹る病です。わらわも五つの時に罹りました。あばたも残らず、たいそう軽く済んだのは、亡き生母上《ははうえ》様がずっと枕元で見守っていてくださったからでしょう。

その頃から夢で霊と会うことができたのですけれど、看病してくれた浦路に話すと熱と闘っている時の夢うつつだと言われ、あまりに幼かったので、ただの夢だと信じ込んでいました。話が逸《そ》れてしまいましたね。ごめんなさい」

ゆめ姫は心の動揺を抑えつつ先を続けた。

「毎年流行《はや》り、たいていの者が幼いか、若い頃に罹るのが疱瘡です。十人に二人は必ず死ぬという病ではありますが、コロリによる死者より多いということはないと聞いています。そうそう、これを話してくれたのは、そなたに言伝をもたらした奥医師作田でした。その作田がどうしてこのようにお加恵の罹った疱瘡を恐れるのですか？　わらわには言伝で、そなたへの作田の文とて、燃やしたのを見届けるようにと厳命したのはこれが市中に洩れては大騒動になるからなのでしょう？　そんなにも疱瘡が恐ろしいとは俄《にわか》に信じられません。それとも作田の文にあったように、わらわたちが知らぬ疱瘡の変わり種があるものなのですか？」

「ございます。ことに長崎は出島よりもたらされて広がり、猛威をふるう疱瘡の中には、罹ったことのない子どもはもとより、一度普通の疱瘡に罹って大丈夫なはずの大人でも罹り、助かる者がいないとまで言われる恐ろしい種があります。わたしたちの間では黒疱瘡と呼んでおります。まさに死病です」

「それ、普通は肌色か、白いはずの膿疱《のうほう》が黒いのですか？」

藤尾は怯《おび》えきった顔で思わず口を挟んでいた。

「あなた様は疱瘡に罹られたことは？」

「実はまだ――」

藤尾は全身を震わせ、がちがちと歯を鳴らした。

「先ほど申し上げたように、これは罹った人でも再度罹ってしまう種なので。罹るということについていえば、あなただけが特にこの黒疱瘡に罹りやすいということにはなりません」

「藤尾に疱瘡の症状や治癒までの経緯をわかりやすくお話しくださいませんか。身に覚えのないことは恐ろしいものです。わらわも幼かったので記憶が確かではありませんし――」

姫は疱瘡の説明を尚庵に促した。

「わかりました。まず、疱瘡第一期の説明をいたします。高熱、頭痛、腰痛等の初期症状の後、三、四日目に一旦解熱いたします。これで治ったと喜ぶのは誤りで、この後、頭部、顔面を中心に肌の色と同じ、またはやや白色の豆粒状の丘疹《きゆうしん》を生じ、全身に広がっていきます」

「悪いものが外に出たかのようで、熱も下がっているし、そのうちそれも乾いて瘡《かさ》になって剝《は》げ落ち、治るような気がしますが――」

藤尾の言葉に、

「いやいや、そうは簡単には治りません。疱瘡の瘡は傷の痕《あと》のかさぶたとは違います。次にいよいよ第二期です。七日目から九日目に、再び起きていることも、熟睡することも、食べることもままならない高熱が出ます。これは丘疹が化膿《かのう》して膿疱となる事によるものです。疱瘡による病変は肌だけではなく、五臓六腑《ごぞうろっぷ》に及んでいます。黒疱瘡は普通の疱瘡よりも、五臓六腑に取りつくのが速いとされています。黒という意味には五臓六腑への手痛い病変を託しています。黒疱瘡の場合、早急に肺の臓にこれが及んで息ができなくなり、命を落とすことになります。普通の疱瘡でもこうした症状が起きて亡くなることはありますが、たいていは、十四日から二十日目に膿疱は瘢痕《はんこん》を残して治癒に向かいます」

「そういえばうちのおとっつぁんはあばた面で、その時はまだ家にいたわたくしに、『おまえも早く済ませておくといいね、玉《たま》の輿《こし》が狙《ねら》える器量好しじゃないんだから、せめて長生きしてしっかりお働き』なんて始終言ってました。おっかさんの方はいつも厚化粧ですっかりあばたを隠してて、『たとえ素顔を見せられなくても、女には化粧っていう便利なもんがあるからね』って、白粉《おしろい》選びには、あれやこれやとかなりうるさくて――。あばたは必ず残るものなのでしょうね、でも姫様は――疱瘡に罹られたというのにどうして？」

藤尾は尚庵に念を押しつつ、剝《む》かれたゆで卵のような、ゆめ姫のつるりと白く滑らかな顔をじっと見つめた。

一方の尚庵は恐れ多いゆえであろう、目を伏せ、

「上様は牛の乳は滋養強壮になるからと、有徳院様が始められた牛の飼育に熱心でおいでです。市中にも牛舎はございます。もしや、姫様は疱瘡に罹られた頃、牛に触られていた

のでは？」

声を低めて訊いてきた。

「その通りです。わらわは雌牛《めうし》のあの優しそうな目が好きでならなかったのです。いつも背中を撫でさせてくれてたものよ。病に罹って死んだと知らされた時は悲しくて悲しくて、しばらく御膳《ごぜん》が喉を通らなかったわ。でも、なぜそなたはそのようなことを知っておるのです？」

ゆめ姫が驚いていると、

「おそらく姫様は牛の世話をされていて、牛が罹る疱瘡に罹られたのだと思います。人が牛疱瘡に罹ると軽く済みます。瘢痕も残りません。しかも、牛疱瘡に罹った者たちは人疱瘡には罹りにくいか、罹っても軽く済むという証が海の向こうでは立っています」

「でしたら、故意に牛疱瘡に罹らせれば多くの人たちを救うことができましょうに――」

藤尾は今すぐにでも牛疱瘡に罹りたい様相であった。

「そうするべきだ、場所を決めて疱瘡にまだ罹っていない子どもたちを集め、それを成すべきだと、我らの仲間たちは作田先生も含めてお上に申し上げているのですが、まだなかなか――、牛と聞いただけで嫌う者たちも多いですからね。それに今直面しているのは黒疱瘡です。疱瘡に罹患して生き延びた屈強な大人でも、五日は保《も》たないと言われている黒疱瘡に、疱瘡の予防法を用いても到底歯が立ちません。それがわかっていて、作田先生は一時城を閉じるよう、上様にご進言申し上げたのだと思います」

「あと何日かでお加恵は死ぬのですね」

藤尾の感情は高ぶり続けている。

「おそらく――」

尚庵は姫の顔から目を逸らさずに大きく頷いて先を続けた。

「疫病に罹って死んだ骸は持ち物と共に焼き捨てるのが常です。普通の疱瘡で亡くなったのなら、それでほぼ広がりは抑えられ、次々に罹ることはないかと思います。作田先生はこの恐ろしい黒疱瘡がどれほどの力を持っているか、見当がつかないのでしょう。広がりは大奥だけで済むのか、すでに城全体に及んでいるのか――。黒疱瘡に取り憑かれたお加恵一人を灰にしても、御末頭だったお加恵が働き立ち回った場所、場所に黒疱瘡が散って増え続けているかもしれぬのです。何とも侮《あなど》れぬ大敵なのです」

「わらわに、今できることは、閉じられてしまった城中やお加恵の様子を知ることですね」

「その通りです。それがわからなければ策の立てようがありません。どうか、よろしくお願いいたします」

尚庵はまたしても畳に手をついて伏した。

「今朝からご心配、ご心労多々おありでさぞかし、お疲れでしょう。朝餉もまだ召し上がっていないのでは？　どうぞお隣りで、しばらくお休みになってください。何かわかったらすぐにお知らせいたします。藤尾、浦路が届けてくれた稲庭《いなにわ》うどんがあったでしょう？

汁仕立ての稲庭うどんにお得意の梅醬《うめびしお》を添えてお勧めして――」

「過分なお気遣い痛み入ります」

薬籠《やくろう》を取り上げた尚庵は藤尾に促されて部屋から下がった。

十

――大変なことになりましたね――

檜の柱から慶斉の顔が浮き出てきてこう告げた。内心、――ふむ、医者の中本尚庵か、あの池本信二郎こと、与力の秋月修太郎だけではないのだな。ゆめ殿の周りには若い男が多い――

不安が胸をよぎったが、

――今はそれどころではない――

重大事の続きを話した。

――家臣が聞いてきた話では、急に『天文方より天変地異ありの予言にて、しばらく登城に及ばず』の報《しら》せが大名家や旗本家へ届いているそうです――

――天変地異ありなんて予言を、皆信じるものでしょうか？――

――何かの都合で登城を止めなければならない折には使われた方便のようですよ。一橋家に代々仕えている者から聞きました。ですので皆、あまり気には止めないでしょう――

――こうしているだけでは不安で不安で。今はたくさんの助けがほしいです――

――でも、この前は首尾良く越前に会えたのでしょう? 先の世も後の世も自在に動ける越前ならば、放っておくとこの結末がどうなるのか、どう動けば黒疱瘡の魔の手から逃れられるのか、知ることができるはずです――

――でもこの間、越前は呼びかけて引き留めようとしても知らぬ顔でした――

――もしかして、わたしがお加恵を助けたのが気に障ったのかもしれません。とはいえ、これは千代田の城で起きている重大事です。越前は有徳院様の良き忠臣でしょう? あれほど徳川家の前途を思い、徳川の政に尽くされた有徳院様が、千代田の城の病魔による滅亡を願うはずなどありはしません。大丈夫、きっと、越前はわたしたちを助けてくれます――

――そうですね、そう信じましょう――

――では早速――。先ほどは、徳川家代々の将軍たちや政の話をわたしがしていたら、越前が現れたのですから、その続きを話します。相変わらず退屈だけれども我慢してください――

――退屈だなんて言っている時ではありません――

姫は眉を上げて慶斉を窘めてから、

――どうぞ――

座したまま知らずと目を閉じていた。

慶斉の話が始まった。

――徳川の世は大火や天災続きの治世でもありました。大火になる大きな理由は、家々が木で造られている上に、密集した長屋が多かったからです。そのため、一度火事が発生すると大きな被害となりました。大火は四代厳有院《げんゆういん》（家綱《いえつな》）様の頃の明暦の大火、五代常《じょう》憲院《けいいん》（綱吉《つなよし》）様の時の江戸大火（一六八二年）が有名です。また、同じ火の禍《わざわい》でも免れる術のない噴火は、晩年の綱吉様の愚法生類哀《しょうるいあわ》れみの令をあざ笑うかのように、宝永《ほうえい》四年（一七〇七）の富士山、有徳院様の直孫であられる十代浚明院《しゅんめいいん》（家治《いえはる》）様の天明《てんめい》三年（一七八三）の浅間《あさま》山《やま》と、それぞれ大噴火がありました。何千人もの人々が亡くなる大惨事でした。日照りや冷害、大雨続き等の天候不順も天災に入ります。有徳院様の治世であった享《きょう》保《ほう》十七年（一七三二）の享保の大飢饉では、一万人以上の餓死者が出ていますし、浚明院様の治世の天明三年は、浅間山の噴火と大飢饉が重なりました。特に奥州での餓死者が多かったとされています。相手が大火や噴火、天災や飢饉とあっては、歴代の上様たちにとっては、まさに、終わりなき闘いであったことでしょう。有徳院様に殉じるかのように、こうした人知の及ばない相手に、果敢に挑み続けた大岡にも頭が下がります――

そこで慶斉は話を止めた。

熟睡したゆめ姫がぐらりと身体をのめらせたので、あわてて鼻を伸ばして支え、畳の上にそっと横たえなければならなかった。

――眠ってくれているおかげでこんな様子を見せずにすんでよかった。それとも、ゆめ殿は生き物なら何でも好むゆえ、南国から贈られてきた図体が大きく鼻の長い象もお好きかもしれぬが――

檜の柱の顔に伸ばした鼻を納めた慶斉はじっと姫の寝顔を見つめていた。

――もう越前と会っているだろうか？　幼い頃からお転婆《てんば》で何にでも興味があって、とにかく一緒にいるといつまでも飽きない人だった。よく意味もわからずにずっと一緒にいようねと指切りをしたこともあった。疲れるとぐずりはじめて、わたしが背中に背負うとすぐにすやすや寝入ってしまった。あの頃はまだ力が眠っていたので、きっと平穏で幸せな眠りだったのだろう。が、今は違う。辛い目に合うのを代わって差し上げたいのは山々だけれど、わたしにはこれくらいのことしかできない、可哀想《かわいそう》に――

慶斉をたまらない気持ちにさせたのは、夢を見ているはずのゆめ姫が涙を流していたからであった。

一方ゆめ姫が見ていた夢の中では大奥内の産屋《うぶや》が急ごしらえの病室となり、誰一人として近づくことを許されなかった。お加恵は布団の上に横たえられている。顔をびっしりと覆っている丘疹が膿《う》んで爛《ただ》れたまま、黒く乾いて、目鼻口の形が判然としなくなっていた。熱があり、意識はなく、苦しげに息をしつづけている。

布団も夜着も将軍への御目見得以上が用いる上等なものであった。二人の御末が交替で寝ずの番をしていて、看病が行き届いている様子が見てとれた。

〝もう水も喉を通らないようだわ〟

〝作田先生は喉や胃の腑《ふ》にまで爛れが及んでいる証だとおっしゃっていた。そのうち、肺

にまで進んでいけなくなるそうよ〃
〝止めて、そんなよくない話〃
〝でも、そのうち、こうしてお加恵様を看病しているわたしたちも同じになるのよ〃
〝ええ、でもお加恵様と一緒に旅立てるなら――〃
〝そうね、言い尽くせないほどお世話になったもの――〃
〝気は優しくて力持ち、まるで女金太郎《おんなきんたろう》みたいなお方――〃
〝御末同士の虐めや折檻は決して許さなかった。そんな馬鹿なことをしているから、所詮御末だと見下される、身分は低くても誇りを持ちなさいって――〃
〝立派な心根のお方〃
〝でも今のお加恵様、何ともお労《いたわ》しい〃
〝ほんとうに――〃
二人の御末はしきりに洟《はな》を啜《すす》っている。
〝姫様〃
夢の中に浦路が入ってきた。
〝お会いしとうございましたのに、なかなか――〃
〝そなたもわらわも同じ夢を見ているのです〃
〝そのようです〃
〝お加恵の容態は？　御末たちの申していることは真ですか？〃

〝残念ながら——作田先生はあと一日保てばと——。顔全体に広がっている丘疹がクセ者なのだとか——。普通の疱瘡ですと、丘疹が沢山出た方が、病毒が外に発散されてよいのだそうですが、お加恵の罹った黒疱瘡は一貫して熱が下がらず、早急に病毒が全身に回って身体の内も外も急激に冒され、手の尽くしようがなくなるのだとお聞きしました。もう、手の尽くしようがございません。ただ、あのような黒く膿み爛れた顔が死に顔になるのは何とも不憫《ふびん》で——精之助《せいのすけ》様、康宗《やすむね》様にはお伝えできません。さぞかしお気を落とされることでしょうから〟

〝精之助様とはあのカステーラ様ですか?〟

精之助様はゆめ姫より十歳以上年上の甥《おい》である。年の離れた異母兄である次期将軍の血を伝える、たった一人、育つことができた男子であった。順当に行けば父の後に将軍職を継ぐことになる。

精之助は幼名で、元服してからの名は、権現様の御名の一字、名君有徳院様の一字を取って康宗と改名されたが、皆、とかくその有り難い名を忘れがちであった。幼名の精之助様と呼ばれたり、カステーラ様とも称されている。

康宗は生まれつき身体が非常に弱く、座っているのがやっとという頃もあったが、成長するにつれ、散策程度はできるようになっていた。しかし、散策後は必ずと言っていいほど、春でも風邪で寝込むような始末で、勉学を長く続けると必ず熱を出した。

好きなことは女子《おなご》のような厨《くりや》の仕事や、縫い物等で人形集めも趣味のうちであり、男子とは思えぬほど気性は極めて優しかった。特に気に入っているのが、菓子作りであり、独特の美意識も持ち合わせていて、星月堂の上生菓子についての蘊蓄《うんちく》はなかなかのものがあった。

姫が星月堂の上生菓子について、的外れでない解釈が出来たのは、この康宗と親しくすることで見識を高めていたがゆえであった。康宗には優美や典雅を極める才もある。

康宗はゆめ姫を〝姉上、姉上〟と呼んでいる。いつだったか、

「康宗様はわらわの甥ですけれど、お年齢《とし》も上でいらっしゃるし、いずれは将軍職を継ぐ身、姉と呼ばれるのはおかしいでしょう？」

と窘めると、

「わたしは男とか女とか、年上とか年下とか、本当は将軍とそうでないものとかの形に拘るのが嫌いなのです。あなたは誰から見ても聡明でしっかりしている。わたしはその逆のふにゃふにゃです。どうか姉上と呼ばせてください、お願いいたします」

真剣な目で訴えられて承知させられてしまっていた。

――康宗様が将軍におなりになったら、まるで京の無垢《むく》なお公家様が将軍職にお就きになったようで、何とも妙でしょうね――

もっとも康宗の将軍就任を想像しているのはゆめ姫だけで、老中以下、徳川の重臣たちは、毎月何度も病に臥せる、儀式の席に連なった後は必ず鼻血を出すか、発熱する康宗の前途を危ぶんでいた。

それゆえに御三卿の一人徳川慶斉の次々期将軍説が浮上してきていたのであった。

〝カステーラ様、康宗様がなにゆえ、お加恵を気遣われるのです？〟

〝熱と一緒に全身に瘡が吹き出た前日まで、お加恵は康宗様の唐芋のタルタ作りをお手伝いしておりました。ゆめ姫様がお城においでであれば、きっと誘われてお手伝いなされたことでしょう〟

十一

――康宗様はお寂しかったのだわ――

姫は康宗に何も告げずに城を離れて市中に出たことを多少悔いた。

康宗は本格的な西洋菓子を焼くために、長崎から石窯《いしがま》を取り寄せるほどの凝り様であるという。

〝その石窯を拭《ふ》き清めるのがお加恵の仕事で、いつしか康宗様のお目に留まり、菓子作りの手伝いをさせていただいておりました。生来胃の腑や腸の腑が弱く、拵《こしら》えてもほんの僅かしか食べることのできない康宗様は、まるで大食い競べのごときお加恵の豪快な食べっぷりが、たいそうお気に召されてにこにこされておられたのです。ですのでわたくしは――〟

〝お加恵を康宗様のおそばに置こうと考えたのですね〟

康宗のために京から迎えられた正室の生涯は短く、子を産まずに亡くなっている。側室も何人かが選ばれていたが、懐妊した者はまだ一人もいなかった。

〝康宗様はお加恵といる時はお元気そうですし、あれほど仲睦《なかむつ》まじければ、あるいは性が合うのではないかと――。瓢箪《ひょうたん》から駒《こま》で後継ぎができれば、徳川は万々歳ですから〟

〝それ、お加恵の都合は考えに入れていない話でしょう？〟

ゆめ姫は形のいい眉を上げた。

〝姫様からお叱《しか》りを受けないために、お加恵について調べました。言い交わした相手がおりました。直参旗本二千石の松原寿郎右衛門殿、新御番頭に御出仕でしたが、気鬱が祟《たた》って家屋敷を焼いて自害なさっておりました。さぞかし、お加恵は気を落としたことでしょうが、人はどんな辛い目に遭っても、そこに留まらず、いずれは前を向いて歩くものだとわたくしは思っております〟

――松原寿郎右衛門様がお加恵と言い交わしていただなんて‼――

姫はあまりの驚きに顔を俯けた。

〝特にお加恵のような明るくて気丈な女はそうでございましょう？　なのにこんなことになってしまって――もう――〟

浦路は片袖《かたそで》を目に当てた。

〝でも、宮大工の娘のお加恵が、直参旗本二千石の松原寿郎右衛門様と言い交わすには、相応の養女縁組みが要《い》るのでは？〟

――お加恵の養家に、松原寿郎右衛門様の死の真相を解く鍵《かぎ》が隠されていないとも限らない——

〝調べましたところ、お加恵は直参旗本ながら無役の猪俣羽五郎《いのまたうごろう》殿の養女になっておりました。まあ、この方はちょっととは思いましたが、町人の娘が武家に縁づくためには誰かが取らねばならないやり方です〟

〝この方はちょっとというのは、猪俣羽五郎様に何か悪いことでもあるの？〟

〝猪俣家は関ヶ原以来の格式の高い大変な名家です。それゆえ、一言で申しますと、格式を看板に、養子、養女の縁組みで富んできたのが猪俣家なのです。縁組み料は目の玉が飛び出るほどなので、ここの世話になる者は限られた者たちです。あのお瑠衣の方も猪俣家の養女になってから上様の御側室におなりです〟

〝そういえば、お瑠衣の方はどうしています？〟

ゆめ姫はふと気にかかった。

〝お加恵の病が伝染《うつ》るのを恐れてお部屋に閉じ籠《こ》もり、一歩もお出になりません。お瑠衣の方様は何しろ我儘《わがまま》なので、お加恵にしか部屋の前の廊下拭《ろうかふ》きや布団の上げ下ろしをさせなかったのです。お加恵が触れたものに病毒が付いているのではないかと、布団は捨てさせ、廊下は歩こうとなさいません。一方の康宗様には隠す間もなく知られてしまい、お加恵の看病をするとおっしゃってひかれないのを、何とかお諫めして、気に入りのお側側衆《そばしゅう》と一緒にお部屋で過ごすことにしていただいています。作田先生のお話では、お加恵と一緒に菓子作りをしていた康宗様が一番、黒疱瘡を発症しやすいということでした。もちろん、康宗様が罹られたら、一緒にいるお側衆ももろともです〟

〝ああしてお加恵を看病している、あの御末たち二人にもその覚悟はあるようですね〟

姫と浦路には御末二人と死に瀕しているお加恵が見えるのだが、相手の目には何も見えていない。

〝ええ〟

浦路は切なくも温かいまなざしを二人の御末に向けた。

〝上様の御血筋である康宗様にはもしもの時のお供が要りましたが、お加恵は頭とはいえ御末の身分なので犠牲になることはないと思い、誰も募りませんでした。ところが、どうしてもとあの二人が名乗り出たのです。命を捨ててもかまわないとまで言って――〟

〝あっぱれ、大奥の女の美徳ではありませんか〟

ゆめ姫の言葉に浦路がまた片袖を目に当てただけではなく、姫の視界はその片袖に遮られた。

夜であった。

積み上げられた薪が赤々と燃えている。

周りにいるのはお加恵を看病していた二人の御末だけであった。

〝骸は灰にしないと病魔が残るのですって。わたしたちだけで弔わなければなりませんね〟

〝お加恵様の魂は病魔に囚《とら》われていた辛い身体を出て、極楽へと旅立とうとしているのですよ〟

〝康宗様とそのお側衆の方々は変わりないとのこと、よかった――〟

〝わたしたちはまだ油断ができないと奥医師の方がおっしゃっていました〟

〝それでお加恵様のお弔いはわたしたち二人だけ〟

〝ご冥福をお祈りいたしましょう〟

――お加恵はとうとう、亡くなってしまったのね――

見ていた姫はたまらない気持ちになった。

――言い交わしていた松原寿郎右衛門様とあの世で結ばれるといいけれど――

すると、どうしたことか、火の勢いが増してお加恵の大きな姿になった。

〝知らない、知らない、知らない、ほんとに知らない〟

風の音はお加恵の泣き声にも似ていた――。

次の場面は明るかった。

お加恵の墓標を前に見慣れたあの二人の御末が、町娘の姿で、今はまだ咲いていない山《さ》茶花《ざんか》の花を手向けている。

〝それにしてもよかった〟

吐く息が白い。

〝すっかりあたしたちのこと、大奥の武勇伝にされちゃったわね。浦路様じきじきに留まるようにとお話があったけど、両親に話したら、後生だから家に戻って来いって言われたわ〟

〝あたしも〟

〝やっぱりあの時死ななくてよかった〟

〝あんな大騒ぎすることあったのかしら？〟

〝そりゃあ、あったわよ。あれほど酷い疱瘡の死に方を見たの初めてだもの〟

〝だったらどうして、あたしたち伝染《うつ》らなかったの？　身体の凄《すご》く弱い康宗様まで大丈夫だったの？〟

〝疱瘡毒っていうのがあったりして〟

〝なに、それ？〟

〝目当ての相手だけを疱瘡に罹らせて死なせる毒のこと〟

〝ああ、怖いっ〟

〝もう大奥はこりごり〟

〝でも忘れないわ、お加恵様のこと〟

〝もちろんよ〟

そこで姫はやや長めの白昼夢から覚めた。

「お加恵さんを助けられなかったのは残念ですけれど、他の人たちに何事もなくほんとうによかったわ」

声に出して安堵し、藤尾に言いつけて、隣りの家で休んでいる中本尚庵を呼んだ。

「黒疱瘡の広がりは防ぐことができたそうです」

ゆめ姫は城中で起きた事柄を話して聞かせた。

「お加恵を看取った二人の御末が、この大騒ぎに疑念を抱いていたというのですね」

「けれども、お加恵が黒疱瘡で亡くなったのは間違いありません」

姫は黒い瘡にびっしりと被《おお》われた酷《むご》たらしいお加恵の顔を思い出していた。

――あのような病、他にあるはずがない――

「御末が話していた疱瘡毒というのが気にかかりますね」

「そんな毒があるものでしょうか？」

「わたしはお加恵が罹った黒疱瘡が城中に広がらなかったことが不思議でなりません。もしや、これは謀《はか》ったものではないかという気がしてきました。たとえば疱瘡に罹っても軽く済むようにと、罹った患者の着物に付いたまま乾いている膿を、肌に植え付ける施療がありま す。疱瘡の元はとても強いので乾いたまま、何年も生き続けることができるのですが、やはり経年により力が弱るので、こうして植え付けられて罹る疱瘡で死に至る患者は滅多にいません。けれども、これが乾きたてで、それとわからずに肌に触れさせてしまったら――まさに謀りです」

「謀ったとおっしゃるからには、誰かが故意に流行らそうとしたということですか？」

「ええ、正確にはその謀はお加恵一人の命を奪っただけで、首尾良く運びませんでしたが――」

た。

——お加恵一人だけ？　これはもしや——

姫の脳裡に白髪混じりの髷の越前守の姿が浮かんだ。白昼夢の訪れである。

〝まさか、そなたの仕業では——〟

いつしか、ゆめ姫は越前守と一緒にモミジがまだ美しい寛永寺《かんえいじ》の境内《けいだい》で向かい合ってい
た。

〝言いがかりでございます〟

越前守は苦い顔できっぱりと言い切った。

〝でも、そなたは何度もお加恵を殺そうとしたではありませんか？〟

〝しかし、もう止めましたと申しましたぞ。わたくしに二言はありません〟

〝それでは前も先もわかるそなたの力で、謀りを企てた者を見つけ出しなさい。そうでなければそなたへの疑い、消すことなどできはしません〟

〝かしこまりました〟

次の瞬間、ゆめ姫は越前守と一緒に大奥の七ツ口に立っていた。大きな風呂敷を背負った男たち何人かが、大奥の女たちに櫛《くし》や簪《かんざし》、紅や白粉等の小間物を商っていた。

〝御末頭のお加恵様にお取り次ぎください、お届けものです〟

そう告げたのはあの新井三郎太であった。町人髷に直して大柄な身体をつんつるてんの縞《しま》木綿《めん》の小袖に包み、下駄を履いて、腰は屈《かが》み加減にして何とか商人に化けている。

お加恵を看取った御末の一人が奥へと消え、並み居る女たちより頭一つ大きいお加恵が

出てきた。よくよく見るとお加恵は柄も目鼻立ちも大きめなだけで決して不細工ではない。夏に咲く向日葵《ひまわり》のような明るい印象であった。

〝何事でしょう?〟

お加恵は御末の一人に指さされて三郎太の前に立った。

〝松原寿郎右衛門様より託されておったものです。是非、あなた様にこれをお渡しいただきたいと〟

三郎太は目を伏せて手にしていた白地に桜の花が散った三段重ねの陶器の小箱をお加恵に渡した。

――まあ、何って可愛《かわい》い白粉入れ――

ゆめ姫は思わず見惚《みと》れた。

〝ご苦労でした〟

松原寿郎右衛門という名を聞き小箱を受け取ったお加恵の顔は一瞬青ざめた後、すぐに紅潮した。段重ねの丸い小箱を抱いて走るように自分の部屋へと急いだ。

お加恵は姫鏡台の前に座り、小箱の一番上の蓋を開けた。きめ細かな白粉がびっしりと詰まっている。中段には小さい筆が入っていて、下段は黄色い液体が入った小瓶に以下のように書かれた短冊が添えられていた。

天下一品の白粉なり。黄色い色は伊豆《いず》は大島《おおしま》の椿油《つばきあぶら》にて、これをたっぷりと肌に伸ばした後、白粉を叩《はた》けば、天下逸品の美女となる。

〝寿郎右衛門様よりのお形見とは――〟

お加恵はしばらく涙にくれた後、椿油を顔に伸ばして白粉を使い始めた。

次の場面のお加恵は熱が出てきているのか、率先して庭掃除を仕切ってはいるものの、時々箒《ほうき》を持つ手を止めて、はあはあと苦しげな息遣いをしていた。

そして、よろけながら部屋へと戻ると、あの小箱を鏡台の引き出しから取り出して、

〝どうして？　どうして？〟

と語りかけつつ、やはりまた白粉を顔に使った。

次にはもう場面は夜半になっていた。

お加恵は大儀そうに起き出すと、鏡台に手燭《てしょく》を向け、自分の顔を映し出した。まだ黒くはなってはいなかったが、真っ赤な発疹《ほっしん》で埋め尽くされている。

〝知らない、知らない、知らない、ほんとに知らない〟

――火葬の時のお加恵のあの言葉は、すでに自分が悪性の疱瘡に罹っていたことを知っていて、元は言い交わした亡き相手の形見によるものだと見当がついていた、けれども、どうして、そんなことをされるのか、知らないという意味だったのだわ――

お加恵は部屋をよろめく足取りで抜け出した。左手にはあの小箱を包んだ風呂敷をぶらさげ、右手には手燭を持っている。裏庭へと必死の思いで歩いて行く。

〝誰かの目に触れて、このような流行病《はやりやまい》、決してこの大奥に流行らせてはならない〟

お加恵は声に出して言い切ると、無縁塚と彫られた大きな石が置かれている場所で足を

止めた。小箱と手燭を置くと両手で無縁塚の手前を掘り始めた。三寸（約十センチ）ほど掘ったところで、小箱を穴の中に納めると土をかけた。

そして、

〝本当はこの忌まわしい身体もここに埋めてしまいたいのだけれど、わたしにはもうその力はない〟

ぐったりとその場に我が身を横たえた。

――無縁塚は大奥で亡くなり、骸になって親元に返された女たちの持ち物を埋めてきたところ――、七ツ口で顔を合わす商人から貰《もら》った恋文や隠し持っていて使わなかった南蛮《なんばん》渡来の毒薬等、外には出せないさまざまなものが埋められてきた。ここなら、気味悪がって誰も近づかないから、黒疱瘡の病毒入りの白粉を埋めるには最適だとお加恵は考えたのね。さすがだわ――

横たわっているお加恵の顔の発疹が闇を吸い込むかのように黒く変わっていく。

その姿に自ら屋敷に火を放った寿郎右衛門の顔の壮絶な様子が重なった。

すでに寿郎右衛門の顔はぽつぽつと、たくしあげた両腕は黒疱瘡に酷く冒されている。

〝どんな策を用いようと俺がこうして死ねば全ての悪事は水泡に帰する。火よ燃えよ、燃えて燃えて、燃えてこの悪《あ》しき身体ごと病魔を消し去るのだ〟

四方を火に取り囲まれた畳に座っていた寿郎右衛門は、鬼気迫る表情で燃えさかる大きな炎に向けて両手を広げた。

夢の中の時が戻って土に病毒入りの小箱を埋めるお加恵と、炎に焼き尽くされようとして向かって行く寿郎右衛門の姿が何度か閃《ひらめ》きのように繰り返された。

――男女を問わず、後の世にも頭の下がる、あっぱれな御仁たちはいるものだと感心させられました――

越前守が呟いた。

〝それはその通りだが、嵌《は》められてこうするしかもう手段のなかった者たちの魂は、嵌めた悪人が裁きを受けねば、真には成仏できぬものではないか、越前守？　わたしも亡き寿郎右衛門の友として知りたい。大奥というお加恵と同じ場所にいたゆめ殿も同じであろう〟

寛永寺でひときわ美しいモミジの木の幹が慶斉の顔に変わった。慶斉は越前守が心まで読める姫が気づくと、こほんと一つ咳《せき》をして慶斉は押し黙った。慶斉は越前守が心まで読めることに気がついているのだ。

――ごもっともな仰《おお》せでございます、それでは、どうぞ、お先に――

越前守が後ろに回って、ゆめ姫に前を歩かせた。慶斉は色づいているカエデからカエデへと移りつつ進んだ。

すると急に侍の姿に戻った三郎太が、住んでいる長屋の井戸端に立ち、あの忌まわしい小箱を受け取っている様子が見えた。しかし、渡している相手の中間《ちゅうげん》らしい男は、後ろ姿のままで顔は見えない。

そして、

〝あれは焼ける前の松原の屋敷だ〟

慶斉が呟いた。

〝寿郎右衛門ではないか〟

戸口に立っている寿郎右衛門は長身痩軀《そうく》で眼力の強い一徹さが感じられた。

〝これを殿があなた様にと。お父上譲りの肩こりに効き目があるとのことです〟

そう告げて油紙包みを渡したのは、三郎太に小箱を渡した中間と同じで、後ろ姿の撫で肩に特徴があった。

〝これはかたじけない〟

寿郎右衛門は笑顔で受け取った。

次に姫はこの寿郎右衛門が深夜、床の中でがくがくと震えつつ、肩に貼《は》った膏薬《こうやく》をむしり取る様を見た。

膏薬を剥がした痕が真っ赤に腫《は》れている。

〝謀られたか――〟

寿郎右衛門が洩らしたのはその一言だけだった。

また場面が変わって今度は、三郎太と寿郎右衛門に白粉と膏薬を渡した中間が武家屋敷の裏木戸へ消えた。

そのとたん、斬り殺されて菰《こも》に包まれている男が見えた。着物は血にまみれてはいるが、武家屋敷へ入ったあの中間が着ていたものに間違いなかった。

〝口封じだ〟

慶斉が洩らすと、

〝ここは旗本五千石猪俣羽五郎の屋敷です。正確には猪俣の手の者による口封じということになりますな〟

越前守は悠揚《ゆうよう》迫らぬ口調で言った。

〝かたじけない〟

慶斉が礼を言うのと同時に姫は目覚めた。姫は布団に寝かされていて、中本尚庵と藤尾が見守っている。

「また夢を見ておいでだとは思ったのですが、短い間に立て続いての夢はお身体に障るのではないかと気がかりでした」

「珍しいことですので、もう心配で心配で――」

案じてくれていた二人にゆめ姫は見てきた夢の話をした。

「やはり、黒疱瘡の病毒が細工されていたのですね。下手人がわかり何よりです」

尚庵は険しかった表情をやっと和ませ、

「でも、旗本の間で起きた悪事を裁くのはお目付なのでしょう？　うやむやにならないといいのですが」

藤尾は一抹の不安を洩らした。

藤尾の公儀への疑念に反して、この一件は厳しく詮議された。

〃わたしが許しません〃

夢治療処の松の木の幹に戻ってきた慶斉が豪語した通り、次々期将軍候補の立場を虎《とら》の威に代えて、重職たちを動かし友の無念を晴らした。

調べを受けた猪俣羽五郎は盛んに賄賂《わいろ》を仄めかして罪を逃れようとしたが、追及の後ろ盾に慶斉がいるとわかると観念し洗いざらい白状した。

猪俣羽五郎は松原寿郎右衛門の父と遠縁であり、父を亡くした寿郎右衛門が、今時珍しい熱血の正義漢であることにかねてから目を付けていた。

そして、長崎奉行の貿易に関わっての役得とも言える不正が、如何《いか》に徳川の治世を危うくしているか、巧みに寿郎右衛門に吹き込み、〃そなたのような正義の長崎奉行こそ、今望まれているのだ〃とこの職を得るように説き得心させた。狙いは寿郎右衛門を傀儡《かいらい》にして長崎奉行の利を貪《むさぼ》ることである。

出島で黒疱瘡が流行って何人もの阿蘭陀人が死んだと聞いた猪俣は、これを使って他の長崎奉行候補を亡き者にしようと思いつき、知り合いに頼んで、長崎で遊学中で金に窮している医者の卵たちに細工させた。

こうして出来上がった黒疱瘡毒のことを猪俣は寿郎右衛門に話した。長崎奉行職は誰もが垂涎《すいぜん》の的ゆえ、ここまでしなくては就けないと口を極めても、寿郎右衛門は得心せず、そんな役職ならならぬ方がいいと一蹴《いっしゅう》した。この時、黒疱瘡毒の秘密を知った寿郎右衛門を生かしてはおけぬと猪俣は思い、疱瘡毒を燃やし尽くしたと嘘《うそ》をついて後、いずれはこやつも始末すると決め、中間に膏薬を届けさせたという。

寿郎右衛門があのような死に方をした時は、黒疱瘡毒はまだ残っているし、これで誰一人知る者はなく、これを使って大金が儲《もう》かると思うと猪俣は笑いが止まらなかった。

一方、すでに寿郎右衛門は偶然知り合ったお加恵と相思相愛となっていた。しかし、身分が違い過ぎるゆえに話はなかなかまとまらなかった。そこで、寿郎右衛門はお加恵を名目だけでよいから養女にしてほしいと猪俣に頼んでいた。寿郎右衛門が黒疱瘡毒のことを、お加恵に話していなければいいがと気がかりではあった。

折しもこの時、やはり養女とした上で将軍家の側室に上げたお瑠衣の方が訪れて、上様の御子を身籠もったかもしれない、今度こそ男の子と思う、ついては次々期将軍の座にある康宗を亡き者にしてほしいと頼んできた。康宗はこのところ、御末頭のお加恵と仲がよく、今までになく元気そうで、お加恵を側室にとりたてた後、男子をもうけるかもしれない、だから、今のうちに――

これを聞いた猪俣はこれは偶然にしては出来すぎの運命でいい話だと思ったという。上手く行けば邪魔なお加恵を始末した上、お加恵と一緒にいることの多いという康宗の命も潰すことができる――。猪俣は迷いなど微塵もなく、疱瘡毒入りの白粉を馬鹿がつくほど忠義者だった三郎太まで届けさせた。

「はて、どうしてそれがしが仕組んだのだとわかったのか？　おそらくわたくしが思っていた以上にお役人方は優れておいでだったのでしょう」

そう余裕でぼやきつつも、猪俣羽五郎は死罪と決まると、

「せめて切腹の御慈悲を」

往生際はことのほか悪く、何人もで押さえつけて斬首《ざんしゅ》が行われたという。

お瑠衣の方に詮議が及ばなかったのは、〝世迷《よま》い事《ごと》である〟として、大奥が調べを受け付けなかったからであった。

ほとんどの木々が葉を落とした頃、ゆめ姫は炉開《ろびら》きの行事に連なるために大奥へ一度戻った。

秋から冬へと移る際には寒さが堪《こた》える日々が続くことがある。

お加恵との菓子作りが楽しくて一時元気を取り戻した康宗ではあったが、寒さに慣れずに風邪をこじらせて臥せっていた。

「康宗様がお呼びにございます」

浦路が告げに来て、姫が康宗の枕元に座ると、

「帰ってみえたのですね、姉上」

痩せて顔が小さくなった康宗はうれしそうに微笑んでから、

「あのお加恵に夢で会ったのです。お加恵は酷い病で亡くなってしまいましたけれど、あの世では言い交わした相手に会えて、とても幸せに暮らしているとわかってほっとしまし

た」

まるで自分の幸せを語るかのように嬉々《きき》とした表情になった。

「そのうち、わたしもあちらへ行ったら仲良くしてもらえるだろうか？」

この言葉を姫は否定しなかった。

「もちろんですとも」

ただし目の中が熱くてたまらず、涙を隠すために康宗に暇《いとま》を告げた。

たまらない気になって城の庭を歩いた。気がつくと紅葉の通りに来ていた。すでにカエデの木の葉は一枚たりとも付いていない。

すると突然、左右のカエデがいっせいに深紅の紅葉に染まった。

――越前？――

――はい――

ゆめ姫の後ろから老境の大岡越前守が従っている。

――何か、まだ、言いたいことでも？――

――はい、少々――

そう応えた瞬間、姫は星月堂の看板を見ていた。看板こそ替えてはいないが、今見えている星月堂の間口は広く壁も真新しい。

〝この子はよく眠るいい子ねえ〟

聞いたことのあるお玲の声だった。

〝三番目だもの、おっとりなのよ〟

これはおそらく佳奈に違いない。

〝それにしても、菓子屋が始める料理屋がこんなに繁盛するなんて思ってもみなかったよ。思い切って場所を移した時はどうなることかと思ったけどね。これはあんたたち夫婦の運の良さよ、間違いなく〟

〝あの時、おっかさんが明吉さんとのことを反対して、あたしが勝手に家を飛び出したのがよかったのかな〟

〝何が幸いになるかしれないねえ。今は明吉さん、料理屋と菓子屋の押しも押されもしない主《あるじ》になってくれたし、子どもも男、女、男の一姫二太郎だもの、申し分ない。これでおっかさんもいつ死んでも悔いはないよ〟

〝何言ってんの、さんざんおっかさんに心配かけたんだもの、これからは念願のお伊勢《いせ》さんや湯治に行ってきて〟

〝ありがとう、ありがとよ〟

ここで場面は信濃屋《しなのや》に変わった。

――まあ、お瑠衣の方様――

すっかり落ち着いた様子のお内儀の顔は紛れもなくお瑠衣の方、おるいのものだった。

年配の夫婦と主でおるいの夫、そして、五つほどの整った顔立ちで賢そうな男の子がこの時季、五穀等を蒸して搗《つ》いてこしらえる亥《い》の子餅《こもち》に舌鼓を打っていた。

〝こうして後継ぎはできたしうちも安泰、なにより、なにより〟

父親のご隠居が顔を綻ばせると、

〝それはあなた、おるいさんがとても出来た人だからですよ、綺麗すぎる女はとかく切り盛りが上手くないなんて、嘘八百だってわかりました。こんな働き者の嫁は見たことがありません。あたしたち、感謝しないと〟

母親はおるいの方を向いて頭を下げた。

〝そうそう、この通り〟

あわててご隠居も倣《なら》った。

次は驚いたことにおるいと夫との寝間であった。

〝いい女だねえ、おまえは。顔もいいが、それだけじゃない、生まれながらの床上手というか――〟

おるいの夫は褒めちぎった。

〝まあ、いやですよ〟

おるいは頬《ほお》を赤く染めて俯いた。

〝それにしても、あの時、止《よ》しておいて本当によかったよ。我慢できずにおまえを抱いていたら、きっと昔気質のうちの両親《ふたおや》は、尻軽女と罵《ののし》って、おまえを嫁に迎えてはくれなかったろうから。あの時、祝言が済むまでは清くいたいとわたしを止めてくれたのもおまえだった――〟

〝あたし、親の縁が薄いんで、好きになった男とは絶対、ずっと一緒にいたかったんですよ。後生ですから飽きないでくださいね〟

おるいは夢中で相手にしがみつき、

〝そんなわけないだろう〟

夫は強く抱きしめた。

——おるいさんが、夫婦になってもないのにお蘭を産み落としていないと、お瑠衣の方にはならないということね——

——その通り——

——それでは、おるいさんは自分で言っていた通り、ずっと操を守ったの？——

——さあ、それはどうでしょう。生まれついての床上手なんているとは思えませんが——

——だとしたら——

一瞬、医者の使う鉗子《かんし》と血みどろの肉片が見えた。

——ここではお蘭は死んで生まれていた。お蘭さえ生きて育たなければ、お玲さんのところも皆、幸せだった。でも今見せられているのは幻。本当はお玲さんは死ななければならなかったし、親が決めて娶《めと》ったお内儀さんが病がちの上、主が道楽者の信濃屋は傾きかけている——

——そういうことになります——

――そなたはお蘭を死産させておけばよかったと思っているのでは？――

越前守はこれには応えず、ゆめ姫の前に春爛漫《はるらんまん》の頃の城中を見せた。

――つつじの茶席です――

赤い毛氈《もうせん》が敷かれて茶釜《ちゃがま》が白い湯気を上げていた。抹茶とつつじの花の匂いが相俟《あいま》って何ともかぐわしい。

――皆、綺麗に着飾っておいでだわ――

中でもとりわけ、お瑠衣の方が際立っている。美しさもさることながら、着ている着物は白と赤のつつじの総刺繍《そうししゅう》で縁取《ふちど》りは金箔《きんぱく》が使われている。

女の盛りを越えた側室たちがちらちらとお瑠衣の方の方を見ている。

〝身籠もられてますます美しさに磨きがかかられているわ〟

〝身籠もるたびに美しくなるお方、羨《うらや》ましいわ〟

姫はもっと近くでお瑠衣の方を見たいのだが、なぜか近づくことができない。

〝誰か足台を持ってきて〟

立ち上がったお瑠衣の方が命じた。

この時、ゆめ姫はお加恵の幻を見たかのようだった。背が高く、がっしりした一人の御末がすぐに足台を運んできた。

〝これから男児無事出産の祈願をいたします。この大きな松の木は権現様がお植えになったものと聞いております。権現様、どうか良き世継ぎをわたくしに、徳川の家に――〟

声を張ったお瑠衣の方は、願い事を書いた結び文を手にして、松の木につけられた足台へと乗った。すぐ近くの枝までも間があり、自然、背伸びをしなければ届かなかった。お瑠衣の方はとうとう両足の親指だけで足台の上に立った。利き腕を伸ばそうとしたその時だった。

こんなのどかな日には珍しい強い風が吹いた。この風がお瑠衣の方を押した。一瞬の出来事だった。お瑠衣の方は足台から不安定な姿勢で悲鳴を上げながら落ち、近くにあった踏み石に頭をぶつけた。腹部がみるみる血に染まっていく。

すぐに近くにいた者たちが駆け寄ったが、すでにお瑠衣の方の意識は無かった。駆けつけた奥医師は黙って首を横に振った。

――これでよいのです――

越前守は言い放った。

――また、お蘭が生まれないとも限りませんから。ちなみにあの足台は常に亡きお加恵が乾拭《からぶ》きしていたものです――

――それではあの時、お加恵を死なせなかったのはこうなるとわかっていたから？――

――はい。こうなる先が見えたのです。さて、これでも、姫様はわたしたちがやろうとしている悪の芽摘みをよろしくないとお考えでしょうか――

そう告げて、越前守はふっと掻《か》き消え、ゆめ姫は紅葉して葉が落ちたカエデの木がならぶ通りに一人で立っていた。

——越前と出会って世の正義への疑念が深くなってしまった。いったい真の正義って何なの？——

ふと、むしょうに、信二郎に会いたくなった。

——あのお方なら、御定法通りでも悪の芽狩りでもない、真の正義をご存じかもしれない、ああ、でもわらわの身分が知れてしまうこの経緯《いきさつ》はとてもお話しできないわ——

姫の孤独感が募った。

〈参考文献〉

「週刊花百科　フルール　No.31　紅葉」（講談社）

本書は、時代小説文庫（ハルキ文庫）の書き下ろし作品です。

時代小説文庫
わ 1-47

もののけ裁《さば》き ゆめ姫事件帖《ひめじけんちょう》

著者 和田《わだ》はつ子《こ》

2018年10月18日第一刷発行

発行者 角川春樹

発行所 株式会社 角川春樹事務所
〒102-0074 東京都千代田区九段南2-1-30 イタリア文化会館

電話 03(3263)5247[編集] 03(3263)5881[営業]

印刷・製本 中央精版印刷株式会社

フォーマット・デザイン＆シンボルマーク 芦澤泰偉

ISBN978-4-7584-4187-2 C0193

http://www.kadokawaharuki.co.jp/[営業]
fanmail@kadokawaharuki.co.jp[編集] ご意見・ご感想をお寄せください。